JN129577

# 失うことは永遠にない

福田果歩

小学館

失うことは永遠にない

装丁＝大久保伸子
装画＝豊田直子

# プロローグ

あんたは生まれたときから両足が変なふうに曲がっていて、お医者さんから将来まともに歩けなくなるって言われてたのよ。それをおじいちゃんがあんたをおぶって百段もある階段のぼって山の上にある神社まで行って、この子の足をまともにしてやってください、将来ちゃんと歩けるようにしてやってくださいってお願いしてくれて、それであんたいま歩けるんじゃないの。ほかにどこも悪いところがなくて、小学校も中学校も高校も健康に通って、お父さんが私立の高い学費も払ってくれて、家では私が毎日ご飯つくって掃除して洗濯してやって。それでいったい、なにが不満だっていうのよ。うちみたいにね、広い家に住んで、食べるものにも寝る場所にも困らないなんて、とんでもなく贅沢《ぜいたく》なことなんだから。世界中にはね、飢えて食べるものもない赤ん坊や小さな子どもだって、そりゃあたくさんいるもんよ。あんたみたいに、なんの心配ごとも悩みごともなく、毎日のん気にのんべんだらりと過ごしてる子どもなんて、滅多《めった》にいないんだから。

丸々と膨らんだ肩をさらに丸め、ジャガイモの皮を剝《む》いている母の背中を眺めながら、もうじきわたしも十六になるのだと思いました。冬の朝の澄んだ空気の中、柔らかく差し込む太陽の光に、ジャガイモから噴き出す細やかな水飛沫《みずしぶき》が、母の動きに合わせてしゃらしゃらしゃらら、と舞います。一昨年《おととし》のわたしの誕生日に祖父が亡くなり、久々に家族で夕飯を囲んだときも同じ話をしていたことを、母は覚えているでしょうか。あれからもう二年が経《た》つんですね。本当にあっという間でした。

この家を出ると決めてから、準備は滞りなく進めてきました。必要最低限の着替えと、お気に入りの本、小さいころから一緒に寝ている犬のぬいぐるみのジョージくん、小学五年生のころから貯《た》めていたピンクの豚の貯金箱をナイロンのリュックに詰め込み、出発の前日に新宿駅のコインロッカーの中へ入れました。高校の担任宛てに退学届を書いて赤いポストに投函《とうかん》し、迷った末、家族には「さようなら。もう戻りません。」という短いメモを書き残して、自分の部屋の机の上に置きました。

わたしの新しい住処《すみか》は、父が生まれ育った大阪です。大阪には、町を分断するように、大きな川が流れています。あの川を眺めながらあなたたちと暮らすことが、小さいころからの夢でした。小さいころ、というのは少し大げさですね。小学五年生のときです。

あなたと出会って、もう五年が経ちますね。色々あったけれど、これからはあなたたちと一緒に暮らすことができるのだと思うと、わたしは幸せでなりません。

# 一

わたしの生まれ育った町は東京の中心地にあり、コンビニもスーパーも当たり前に身近に存在し、なにひとつ不自由することはありませんでした。父のサラリーは決して高いとは言い難いですが、それはあくまで東京の中心地に住む家庭の平均値と比較してであって、全国的に見れば中の上といったところでしょうか。もしかしたら、上の下に入るかもしれません。上にはどこまでも上がいますが、数値的比較をすれば、裕福な国と言われる日本でもまだまだ下層のほうが圧倒的に多く、分厚いのです。そういうことも、わたしは小学五年生のときに知りました。そう、あなたと出会ったころのことです。

その年、父が職場の若い女性と不倫をしました。

父の勤める不動産会社は会食という名の飲み会が多く、父とその女性は連日連夜、深酒に見舞われていました。女性はわたしたちの住む家の近くにあるアパートでひとり暮らしをしており、遅くなった日には父がタクシーでアパートまで送ってあげていたそうです。

そんな状況の中で、ふたりの関係ははじまってしまったのでした。

相手の女性は当時入社二年目の新人社員で、父とは年齢が二回り近くも離れていたそうです。まったく、そんなに若い女性がどうして父のようなぱっとしない中年のおじさんを好きになったのか、未《いま》だに不思議です。そう、ふたりは真剣に恋をしていたのでした。

その女性は本気で父を愛していたそうですし、父は年甲斐《としがい》もなく、その子を想《おも》うあまり真夜中に寝言で、

「かおちゃん、かおちゃん」

と呼んでしまうほどだったのです。

ふたりの関係が母に知られたのは、そんな父の寝言が原因でした。

「お父さん、最近夜中に寝言が酷《ひど》いの。カオチャ、だか、カアチャ、だか、蚊が鳴くみたいな声でねえ。ときどき無呼吸になるし。やっぱり枕買い変えたのが悪かったのかしら」

「母ちゃん、って言ってるんじゃないの。おばあちゃんが恋しいんじゃないの」

わたしが言うと、母は鼻に皺《しわ》を寄せ、心底嫌そうな顔をします。

「やあねえ、あの人、死んでからもお父さんにまとわりつく気かしら。枕変えるよりも、お祓《はら》いに行ったほうが良さそうね」

母は父の母親である姑《しゅうとめ》のとみ子と折り合いが悪く、しょっちゅういがみ合っていました。母はとみ子のことを憎しみに近く嫌っているようで、なにかのきっかけで両親の喧嘩《けんか》がはじまると、母は決まってとみ子をこき下ろします。わたしが幼稚園に通っていたころ、ある日の夕飯でとみ子への悪口が止まらなくなった母は、

「奈保子《なほこ》なんて、あの人に似たせいで鼻がつぶれてブサイクなのよ。可哀《かわい》そうに」

と、吐き捨てました。母の隣でおとなしく夕飯を食べていたわたしは、突然名前を呼ばれたことにびっくりして顔をあげました。わたしの正面で同じように静かに夕飯を食べていた兄も驚いたように顔をあげ、そしてわたしの鼻をちらりと見てニヤッと笑いました。

「そうかなあ。ブサイクではないと思うけど」

わたしの顔をまじまじと見て、父はつぶやきます。しかしそれはすぐに、

「そういう話をしてるんじゃないわよっ」

という母の怒鳴り声にかき消されました。

父はそれ以上なにも言わず、母の言葉にふんふんと相槌《あいづち》を打って夕飯を食べています。わたしはそれきりうつむいて、味の分からなくなった夕飯を黙々と食べました。

夕飯のあと、歯磨きを終えたわたしは、洗面台の前で自分の鼻をじっと見てみました。確かに母の言うとおり、わたしの鼻はつぶれて小鼻が上を向いていて、ブサイクだと思いました。人差し指と親指で鼻をつまんでみると少しだけ鼻がシュッとして、幾分かましになったように思います。

その夜、わたしは洗濯バサミで鼻をつまんで布団を被《かぶ》りました。洗濯バサミのギザギザが肌に食い込んで、痛かった。鼻で呼吸ができないので、あけっぱなしにした口が乾いて、喉がピリピリと痛みます。そんな状態なのでなかなか眠ることができず、わたしは鼻と喉の痛みに耐えながら、天井に貼った星型の蛍光シールを眺めていました。カーテンの隙間

から僅かに洩《も》れる月光に照らされて、星型のシールはちらちらと光っています。シールの数を数えて、それから目を瞑《つぶ》って羊の数を唱えはじめると、次第に意識はすーっと遠くなっていきます。夢は見ませんでした。翌朝目が覚めると、鼻をつまんでいたはずの洗濯バサミはベッドの下に転がっていました。

わたしには、とみ子のなにがそんなにも母を苛立《いらだ》たせていたのか正確には分かりません。けれど、とみ子はひとり息子の父が可愛《かわい》くて仕方がないようで、お盆やお正月に父の実家である大阪の家へ家族で遊びに行くと、まだ幼い孫のわたしや兄よりも父にばかり構うような人でした。食卓に並ぶ料理は父の好物ばかり。牛乳アレルギーのわたしにはほとんど食べられない料理の数々を、とみ子はいつも時間をかけてこさえていました。

そういうとき、とみ子はわたしのために出前のお寿司《すし》やお蕎麦《そば》、丼物を頼んでくれたのですが、母からすればとみ子のそういうところが、

「信じられなく無神経」

に思えて、

「我慢できない」

と、言うのです。

わたしには、とみ子の手料理よりも出前のほうが魅力的に見えましたし、普段食べられないご馳走《ちそう》ばかりを毎日食べられるので、はじめのうちは嬉《うれ》しかった。

けれど母が、何度も何度もわたしの耳もとで、

「奈保子だけ仲間はずれにして。嫌なひと」

と囁《ささや》くので、わたしはだんだん、とみ子にいじわるをされているような気分になって、腹が立ってきました。それまでは自分だけが特別扱いをされているようないい気分でいたのに、突然、自分だけが家族の輪から疎外されているような不快感を覚えたのです。

そして、小学四年生の夏休み。毎年恒例のお盆休みに父の実家へ帰ったときも、わたしだけ連日出前が続いたので、わたしはついに、

「出前はもう飽きたよ。わたしもみんなと同じものが食べたい。そのグラタンが食べたい」

と言って、父の皿から、とみ子のつくった牛乳のたっぷり入ったグラタンをスプーンですくい、ぱくりと食べました。

すぐに隣で母が悲鳴をあげました。母はグラタンを吐きださせようと、わたしの背中をドンドンと強く叩《たた》いてきましたが、すでに飲み込んだあとです。口の中にふんわりと甘く優しい味が広がって、ああ、この味がとみ子の父に対する愛情なのかと思い、なぜかそのときわたしは悔しかった。いい歳《とし》をしてとみ子からこんなにも愛されている父に、髪の毛が後退しはじめているような中年男へこんなにも甘ったるい愛情を与え続けるとみ子に、そのそしておそらくこんなにもおいしいグラタンをつくることはできないであろう母に、そのときわたしは憎しみに近く怒りが込みあげたのです。

どうしてそんな気持ちになったのか、自分でも分かりません。けれどわたしは昔から、

自分が持っていないものを他人が持っているのを見るとどうしようもなく悔しくなることが多かった。わたしも同じものが欲しくて欲しくてたまらなくなるのです。きっと、このときもそんな気持ちだったのでしょう。

もう飲み込んでしまったというのに、母はグラタンを吐きださせようとわたしの口の中に手を突っ込み、わたしは呼吸ができず苦しくなってそのまま後ろにひっくり返りました。さらに取り乱した母の指が喉の奥にあたって、えずきたいのに母の手がそれを邪魔して、わたしはその苦しさに涙を流しながら身体《からだ》を震わせました。母はヒステリックにわめき、父は「救急車、救急車」と呟《つぶや》きながら部屋の中をうろつき、兄は救急車を呼ぶため電話をかけに廊下へ飛びだしていき、とみ子はわたしに水を飲ませようとして間違えてコップに牛乳を注いでしまって、そのことに自分で驚いてコップを倒して、食卓に生ぐさい牛乳のにおいが広がります。そんな中、祖父だけは変わらずに静かな所作でグラタンをすくい、入れ歯をした口でもごもごと咀嚼《そしゃく》していました。

そのころからすでに、祖父の認知症ははじまっていたように思います。祖父は亡くなる随分前から現実のことはなにひとつ分からなくなり、わたしたちが会いに行っても会話はちっとも成立しませんでした。父のことも、当然わたしや母や兄のことも忘れて、いつも静かで、それでいて、どこか幸せそうなのです。完全に現実をうしなってからのほうが、祖父は幸せそうでした。晩年の祖父はときどき、わたしたちには見えない誰かと会話をしていたようです。誰もいない空間に向かって、内緒話をするみたいにこそこそと話をしている祖父の姿は不気味であり、またどこか幼気《いたいけ》な愛らしさもありました。

しばらくして、家族の中で一番冷静だった兄が電話で呼んだ救急車が到着し、わたしは病院へ運ばれました。病院に着いてすぐにお医者さんに診察をしてもらうと、アレルギーの症状は大したことはなく、

「なあんや、これくらい、大騒ぎするほどのもんやないわ」

と、すきっ歯で白髪《しらが》交じりのお医者さんに、痰《たん》がからんだしわがれた声で笑われました。そのお医者さんの口からは煙草《たばこ》のヤニくさいにおいが酷くして、わたしは診察のあいだ、ずっと息を止めていました。

薬を処方してもらって、お医者さんにはもう家へ帰っていいと言われたのですが、母が頑《かたく》なに入院させると言い張り、その夜、わたしは田舎《いなか》のじめじめとした病院に泊まる破目になってしまいました。

その病院のベッドは、薄い木でできた台の上に重力で押し潰されたような薄っぺらい敷布団が敷かれているだけで、仰向《あおむ》けに寝転ぶと腰の骨に直接木の板がぶつかって、痛かった。掛布団もなく、どぎつい橙《だいだい》色の薄汚れた毛布があるだけです。虫食いが酷く、湿っぽいにおいが染みついたそれが肌に触れるのが嫌で、わたしは何度も毛布を蹴飛ばしたのですが、その度に、付き添った母がしっかりと首もとまでかけ直してきました。

わたしはなかなか寝つけず、天井を飛びまわっている一匹の大きな蝿《はえ》を目で追いながら、父とともに先に家へ帰ったとみ子のことを考えました。とみ子は病院にいるあいだずっと

おろおろしていて、その姿は見ていて可哀そうなほどでした。

とみ子は普段とても勝気な性格で、自分が間違っていると認めるのが大嫌いな人です。そういうところは母とよく似ていて、似ているからこそ、ふたりはしょっちゅう意見がぶつかるのでした。

「アレルギーなんて、贅沢な現代っ子の病気や。わしらが子どものころ、牛乳がどんだけ貴重なもんやったか。アレルギーなんてご大層な名前つけよって、ただの好き嫌いやろ。嫌いやから身体が反応してしまうだけや、弱っこい証拠やないか。無理してでも飲ませたほうがええ。成長期に牛乳飲まな、まともな子に育たんでぇ」

祖母はいつもそう言って、わたしに牛乳を飲ませようとしました。そして、そのたびに母は憤慨し、

「昔やってアレルギーの子はいたはずです、この子は東京のちゃんとした大学病院で診《み》てもらって、それで牛乳アレルギーやから乳製品は一切口にしたら駄目ですって、そう言われたんです。お義母《かあ》さん、この病気は命に関わることとやってあるんですよ」

と、唾を飛ばさん勢いで言い返すのです。

母は茨城の出身でしたが、興奮するととみ子の言葉がうつって変な訛《なま》りの関西弁になります。それがまた、とみ子の癪《しゃく》に障るようでした。

とみ子は鼻白《はなじろ》んだように、

「東京の大学病院、言うてなあ」

と、笑うのです。

ふたりの諍《いさか》いは大体わたしの牛乳アレルギーから勃発して、皿の洗い方や床の磨き方、テレビの音量や食卓の調味料の置き場所、洗濯ものの畳み方、お風呂のお湯加減と、際限なく続いていきます。それがはじまると祖父も父もふたりからすーっと離れて、テレビを見たり爪を切ったり新聞を読んだりするばかりで、ふたりの諍いを止めようとはせずに、放《ほ》ったらかしにします。なのでそういうとき、わたしと兄はうつむき気味に目を合わせてにやにやしているのでした。

とみ子は生粋《きっすい》の関西人らしく口が達者で、母を言い負かしてしまうことが多かった。だからわたしがとみ子のつくったグラタンを食べてひっくり返ったとき、母は九死に一生を得たような気分だったのでしょう。もう二度ととみ子の家には行きたくない、あの人のつくるものを子どもたちに食べさせたくない、あの人は奈保子を殺しかけたのだと父に言い募り、翌日、わたしたちは予定より三日も早く東京へ帰ることになりました。

さすがのとみ子も引き止める術《すべ》がなかったようで、憔悴《しょうすい》しきった顔で新大阪駅まで見送りにきました。母は口も利きたくないという態度でとみ子を無視していましたが、とみ子はわたしに向かって何度も、

「ごめんなあ、奈保ちゃん。堪忍《かんにん》なあ」

と、頭を下げています。

わたしはなんと答えていいのか分からず、母に手を引かれたまま、じっととみ子の顔を

見ていました。

とみ子はポケットから小さなポチ袋を取りだすと、わたしにそっと握らせて、

「お詫《わ》びに奈保ちゃんの好きなもん買《こ》うたろうと思たんやけど、ばあちゃん、なに買えばええか分からんかった。それで好きなもん買うてな。な、奈保ちゃん。堪忍なあ」

と、深々と頭を下げて言います。

とみ子の皺々の手のひらがわたしの小さな右手を包み込んで、その乾いたとみ子の皮膚の手触りに、わたしは思わずハッと息を呑《の》みました。そのとき、わたしは初めてとみ子の年齢を感じたのです。この人は長い年月を生きてきて、もちろんいまも生きていて、身体が痛いと感じたり、辛《つら》いとか悲しいとか思うことがあるのだと、夏なのにひやりと冷えたとみ子のその指の体温から感じ取り、そして唐突に罪の意識を覚えました。わたしはこの年老いた人を悲しませてしまったのだと。

母はとみ子から引き離すようにわたしの腕を強く引くと、そのまま挨拶もなく、ホームに滑り込んできた新幹線に乗り込みます。

「奈保ちゃん、堪忍なあ。はよ、元気になってなあ。元気になったら、またばあちゃんのとこ遊びにきてなあ」

とみ子は新幹線の入り口に立ち塞がって、ほかの乗客たちに迷惑がられながら、何度もそう繰り返します。わたしはとみ子になにか返事をしたかったのですが、そうしたら今度は母を傷つけてしまう気がして、やはりただじっと、とみ子を見つめていました。

父はとみ子に声をかけ、それからぼんやりと立っていた祖父にも挨拶をして、新幹線に乗り込んできます。わたしは座席に座り、母からようやく手を放してもらうと窓にへばりついて、とみ子の姿を探しました。

入り口に立ち塞がっていたとみ子は乱暴な乗客に突き飛ばされ、ホームによろけて座り込んでしまいます。

「あっ」

思わず声をあげると、隣の席に座った兄がそれに気づいて、とみ子を見たあと、そっとわたしに、

「バカ奈保子」

と、囁きました。

驚いて兄を見ると、兄は冷たい目でわたしを見ています。

「お前のせいだぞ。お前があんなことするから。ばあちゃん可哀そう」

そう言って顔を背けた兄は、とても意地悪な横顔をしていました。

再び窓の外を見ると、とみ子はまだ立ちあがることができないようで、ホームにしゃがみ込んだままです。それでもわたしと目が合うと、恥ずかしそうに笑って小さく手を振ります。わたしはとみ子からもらったポチ袋を握りしめ、手を振るとみ子をじっと見ていました。兄に見られていると思うと、なぜかわたしは手を振り返すことができないのです。とみ子は悲しそうな顔をして、それでもずっと手を振り続けていました。大きく口を動か

して、わたしになにか言っているようです。けれどその声は聞こえず、なんと言っているのかは分かりませんでした。

発車ベルが鳴り、新幹線がゆっくりと動きだします。とみ子はしゃがんだまま、なおもわたしになにか話しかけているようでした。その隣で、祖父はとみ子を助け起こすでもなく、ただぼんやりと突っ立って電光掲示板を眺めています。

新幹線はどんどん速度を増し、とみ子と祖父の姿はあっという間に遠ざかっていきます。わたしは窓にへばりついて、ふたりの姿を懸命に見続けました。急速に小さくなっていくとみ子と祖父のぽつねんとした姿と、ざわめいていた新大阪駅のホームがぐんぐんと過ぎ去っていくその光景が、ぞっとするほど悲しかったのを覚えています。新大阪駅を出て、窓の外に灰色の町並みが広がった瞬間、わたしは言いようのない虚無感に包まれました。とりかえしのつかないことをしてしまったと思ったのです。

とみ子からもらった黄色い犬の絵が描かれた小さなポチ袋は、新幹線の中ですぐに兄に見つかり、取りあげられました。それは母の手に渡って、

「こんなもの、昨日の病院代の足しにもならないわ」

と吐き捨てられながら、母の鞄《かばん》の中へ仕舞われました。

それから母は、病院の入院費が高かったことで、父に文句を言いはじめました。田舎の古く寂れた病院で設備も悪いのに、東京の大学病院とほとんど変わらない金額なのはどうしてなのかと、品川駅に着くまで何度も言葉を変え口調を変え、父に言い募るのです。

母の甲高い声が周囲の乗客に迷惑をかけていることは分かりきっているのに、父は宥《なだ》めようともせずに、車内販売で缶ビールとつまみを買うと、母の話にふんふん頷《うなず》きながら、ビールを飲んでいます。兄は早々にいびきをかいて眠りはじめ、わたしは陽《ひ》が落ちて真っ暗になった窓ガラスに、自分の姿が映るのを見ていました。鼻のつぶれた顔でむっつりと黙り込む醜いわたしの後ろに、だらしなく座席に座り口を開けて眠る兄と、顔を歪《ゆが》め髪を乱しながら喋《しゃべ》り続ける母、顔を赤らめするめイカをしゃぶりあらぬ方向をぼんやりと見ている父の姿が映っています。これがわたしの家族でした。自分の家族が醜く見えたのは、このときが初めてです。

わたしはとみ子が乗客に押されてホームにしゃがみ込んだときの光景が、いつまでも頭を離れませんでした。わたしがとみ子を突き飛ばしたような感触が、とみ子のあの乾いた手の皮の感触とともに、実感をともなって残っているのです。

その夏、東京に戻ってからのことは、あまりよく覚えていません。

そのときわたしは小学四年生で、夏休みのあいだは毎日、朝のラジオ体操に通い、学校のプールへ泳ぎにいって、あとは友達と遊びながら宿題に追われていたように思います。

そうして夏休みはあっという間に終わって、二学期がはじまりました。それから数日が経ったある日の朝、学校へ行くと、わたしの机だけ廊下に出されていました。理由も分からず教室の中へ自分の机を運び入れ、普段通りに授業を受けて、四時間目の体育を終えて教室に戻ると、またわたしの机だけ廊下に出されています。男子はわたしを見てニヤニヤと笑い、女子は「ちょっとー、やめなよー」と言いながら、やはり笑っていました。

次第に机は廊下に出されるだけでなくひっくり返されるようになり、椅子は男子トイレの中へ置かれるようになりました。机の中のものは廊下に散乱し、お気に入りのアルミの筆箱は教室のゴミ箱に捨てられています。上履きはなくなり、いつも来客用のスリッパを履くようになりました。

数週間が経って、わたしがいつも来客用のスリッパを履いていることに気がついた担任から事情を訊《き》かれて、それからすぐにクラスで学級会が開かれました。その翌日からは机も椅子もちゃんと教室に置かれて、筆箱も上履きも盗《と》られることはなくなったのですが、その代わりにクラスの誰も口をきいてくれなくなりました。

休み時間になると、わたしは低学年の階の女子トイレへ行って、一番奥の個室に入ってじっと時間が経つのを待ちました。たったの十分が、気が遠くなるほどの長さに感じられます。実際に、本当に気を失いそうになったことも何度かありました。トイレの芳香剤のにおいと、廊下から聞こえる低学年のにぎやかな声に包まれて、ドアに貼られた「きれいにつかいましょう。」という吹き出しのついた青色のゾウのイラストを眺めていると、鼻をつくにおいも、耳障りな喧騒《けんそう》も、すーっとほどけるように遠ざかっていきます。わたしは毎日、このまま意識を手放してしまう誘惑に駆られながら、なんとか堪《こら》えて、聴きなれたチャイムの音が鳴るのをいまかいまかと待ち続けました。

そんな日々が続いたある日の朝、わたしはとてもこわい夢を見て、部屋へ起こしにきた母に思わず抱きつきました。そんなふうにして母に触れるのは幼稚園のころ以来で、母の体温に触れるのは、何故か物凄《ものすご》く居心地が悪かった。それは母も同じだったようで、母は突然抱きついたわたしにぎょっとすると、すぐにわたしの腕を振りほどきました。

「奈保子、お口くさいよ。お友達に嫌がられるんじゃない。ちゃんと歯みがきしなさい」

母はわたしから顔を背けてそう言うと、さっさと部屋を出ていきます。

母の背中を見送りながら、わたしは、さっき見たこわい夢の内容をすっかり忘れていることに気がつきました。けれどそれがとてもこわかったことだけははっきり覚えていて、心臓がざわざわと音を立てています。わたしは両手を口もとにあてて、そっと息を吐き、においをかいでみました。けれど、くさいのかどうかは分かりませんでした。

洗面所で念入りに歯を磨きながら、わたしは相変わらずつぶれた自分の鼻を見てみました。人差し指と親指で鼻をつまんでみると、やはり少しだけシュッとしてましに見えます。今晩から、また洗濯バサミで鼻をはさんで寝ようと思いました。

その日の朝、登校して教室に入ると、当たり前のようにクラスの子たちから、

「奈保ちゃん、おはよう」

と、声をかけられました。みんなはわたしの机のまわりに集まり、

「昨日のドラマ見た？」

「算数の宿題やった？」

「今日、漢字の小テストあるんだってー。さいあく」

「運動会の騎馬戦、一緒のチームになろうよ」

と、普段通りに話しかけてきます。

わたしは慎重にみんなの顔を見まわして、そのひとつひとつに、

「見てない」

「やった」

「さいあくだね」

「うん、いいよ」

と、答えました。

クラスのみんなは意地悪さのかけらもなく、にこにこと笑っています。それから、朝のホームルームがあり、授業があり、給食を食べて、昼休みはみんなでドッジボールをして遊び、放課後はみんなと一緒に下校しました。

そしてその日からなにごともなかったように、あの日々はわたしが見たただのこわい夢だったかのように、すべては夏休みの前に戻りました。わたしの机が廊下に出されることも、みんなから無視されることも、休み時間になるたびに低学年のトイレにこもることもなくなり、わたしはみんなと同じように喋り、笑い、授業を受け、遊び、帰りました。

夜、わたしは洗面所で、自分の鼻をまじまじと見てみました。悪夢を見た日から毎晩、

洗濯バサミで鼻をはさんで眠るようになったのですが、朝起きるといつも、洗濯バサミはベッドの下に転がっています。しばらくして、わたしの部屋で掃除機をかけていた母が、床に転がっている洗濯バサミを吸い込み、掃除機が詰まって、

「なんでこんなところに洗濯バサミが落ちてるのっ」

と怒って、埃《ほこり》まみれになったピンクの洗濯バサミはゴミ箱へ捨てられました。

わたしの鼻は相変わらずつぶれたまま二学期は終わり、冬休みがはじまりました。

毎年、年末年始はとみ子の家で過ごすのが決まりです。母の両親はすでに他界しており、茨城の実家も取り壊されていたので、母の地元へは夏にお墓参りに行くだけでした。母はひとり娘で、親戚の集まりもほとんどないので寂しいと、ときどき思いだしたように呟くことがあります。だからこそ、とみ子や祖父と本当の親子のような関係をつくりたかったのに、とみ子が意地悪ばかりするから余計に悲しく腹が立つのだそうです。

その年、母は初めて年末年始に大阪の家へ行くことを拒否しました。

奈保子がまた倒れたら困る、今度こそ取り返しのつかないことになったらどうするのだというのが母の言い分でした。父は随分粘りましたが、結局、年明けに日帰りで挨拶だけしに行くことに決まりました。東京・大阪間を日帰りするのはなかなかハードでしたが、母の頑固な意見を覆《くつがえ》す力など父にはなく、正月明けの混み合う時期に、苦労して新幹線のチケットを押さえたのです。

しかし結局、そのチケットは無駄になりました。

大阪へ向かう予定だった日の前日、とみ子が心不全で倒れたのです。朝早く、家の近くのスーパーで買いもの中に倒れて、すぐさま病院へ運ばれたのですが、そのまま息を引き取ったということでした。

病院から電話がかかってきてすぐに母は喪服の準備をし、わたしたちは混み合って座る席のない新幹線に何時間も立ち続けて大阪へ向かいました。休憩もなく病院へ直行すると、待合室のソファで祖父がひとり、子どものような顔をしてぽつんと座っていました。父が話しかけても、祖父は固く手を組んだままぼんやり宙を見ているだけで、なにも話そうとしません。突然迷子になってしまったような、ひとりぼっちになってしまったような、そんな心許《こころもと》なさを祖父の所作から感じました。その姿が可哀そうで、わたしは祖父をじっと見つめたのですが、祖父は心を囚《とら》われたように宙を見つめ続け、わたしを見ることはありませんでした。

霊安室で見たとみ子の遺体は硬く、すべらかでした。

つい数時間前まで生きていたのが嘘のように、はじめから遺体としてつくられ存在しているかのような、そんな不思議な感覚を覚えました。きっとまだ人の死というものがよく分からなかったのでしょう。兄はこわがって、とみ子の遺体に近寄ろうとしません。兄には昔から、そういう繊細なところがありました。

母はそっと遺体に歩み寄り、

「お義母さん……」

と呟いたきり、言葉を忘れたようにただ立ち尽くしています。

父はしばらくぼんやりととみ子の遺体を見ていましたが、突然、人目も憚《はばか》らずに、

「かあちゃあん！」

と吠《ほ》えるように叫んで、とみ子の遺体にかけられている白い布を摑《つか》み、顔を擦りつけ、身体を震わせて泣きだしました。

わたしも、母も兄も、みんなびっくりしました。祖父だけが変わらずぼんやりととみ子のそばに立って、泣きわめく父を見るともなく見ています。

父が泣いているところなどそれまで一度も見たことのなかったわたしは、そのときどうしようもなく惨めな気持ちになりました。なぜか我慢できないほどに暗く荒《すさ》んだ気分になって、父につられるようにして、ツーッと涙が頰を伝ったのです。

それを見て、兄がぎょっとしたようにわたしの腕を摑みました。

「おまえ、なんで泣いてんの」

「だって、悲しいから」

「なんで。なんで悲しいの」

「だって、おばあちゃん、死んじゃった」

そう言うと、兄は不思議そうな顔をしてわたしをのぞき込みます。

「へえ、おまえ、ばあちゃんにいじわるしたくせに、死んだら泣くのか」

兄はそう言って、わたしにハンカチを差しだしました。そのハンカチのあの馬鹿みたい

な水色を、わたしは一生忘れません。嫌な奴《やつ》、とわたしは思いました。自分は遺体をこわがってとみ子に近寄ろうともしないくせに、泣いたわたしを批判する兄を心底不快に感じました。

「ばあちゃん、昨日電話してきたんだぜ」

兄は、馬鹿みたいな水色のハンカチを受け取ろうとしないわたしにそれを押しつけて、どこか勝ち誇ったような顔で言います。

「昨日？」

「昨日の朝。おまえもお父さんもまだ寝てて、お母さんは買いものに行ってたから、俺が出た。あさっては何時にこっちに着くんだって聞かれたから教えた。それから、奈保子はなにが好きなのか聞かれたから、しょうゆラーメンが好きだって教えた」

「それ、お母さんに言ったの？」

「言うわけないじゃん。お母さんに言ったら、そんなこと教えるなって怒られるだけだもん」

兄は小声でそう言って、にやりと笑います。

母はとみ子の遺体のそばに立ちつくし、泣きわめく父に声をかけるでもなく、ただぼんやりと父を見ています。部屋の隅には、とみ子の荷物が置かれていました。ポシェットのような肩かけの小さな紺色のバッグと、よれて色の落ちた緑色のエコバッグです。大きく膨らんだエコバッグの中をそっと覗《のぞ》いてみると、野菜や果物の中に、ラーメン用の生麺が入っているのが見えました。父の好きな牛乳やヨーグルト、乳製品のものは、なにひとつ入っていません。

するとバッグの中を覗いているわたしに母が気づいて、

「奈保子、なにしてるの。人のものを勝手にさわったらだめでしょ」

と叱りました。

その声に父がようやく顔をあげて、わたしを見ます。目と鼻を真っ赤にさせた父と目が合って、わたしはどうしようもなく胸が沈み込み、苦しくなりました。

エコバッグから手を放し、

「ごめんなさい」

そう呟くと、涙がぽろりとこぼれました。なんの涙かはよく分かりません。けれど自分では止めることのできない涙でした。

「ごめんなさい、ごめんなさい、ごめんなさい」

わたしは泣くことすら悪いことだと思って、しゃくりあげながら謝りました。涙が口に入って、しょっぱかった。父は困ったように笑って、

「奈保子、お腹空《なかす》いたのか。今日、まだなにも食べてないもんな。ご飯食べにいこうか。なに食べたい？　奈保子の好きなもの食べにいこう、な」

父は涙で濡《ぬ》れた顔でそう言って、わたしの肩に遠慮がちに手を置きます。父の生ぬるい体温が触れ、わたしはうつむいたまま、

「ごめんなさい、ごめんなさい」

と謝り続けました。

父はわたしの背中をぽんぽんと叩き、それ以上はなにも言いません。わたしは涙を拭って、胸の上に組まれたとみ子の手を見ました。もう一度、あの感触に触れたかった。けれどその勇気はなく、わたしは黙って、眠り続けるとみ子の顔を見つめました。駅のホームでとみ子がしゃがみ込んだときのように、ただひたすらに見つめます。そして、あのときと同じように、わたしはもうとみ子になにもしてやれないのだと分かりました。

それからわたしたちは病院の中にあるレストランで遅い昼食を食べました。メニューにはラーメンもありましたが、わたしはおにぎりセットを頼みました。ラーメンはなんとしても食べてはいけないと思ったのです。父はしきりにラーメンを勧めましたが、わたしは梅とおかかの入った大きなおにぎりをひとつだけ食べました。

それからお通夜があり、翌日は告別式でした。

親戚も少なく、ひっそりとした小さな式でした。バタバタと慌ただしかったこともあり、わたしは式のことをあまりよく覚えていません。ただ、火葬場での最後のお別れのとき、わたしはとみ子の手に触れようとして、やっぱりやめたことだけは覚えています。

点火のボタンは父が押しました。父はお通夜でも告別式でも、涙ひとつ見せずに喪主をやり遂げましたが、ボタンを押す瞬間だけは顔が歪み、その指先が震えていたのが見えました。

とみ子の煙は、冬の澄んだ空気の中をゆらゆらと揺らめきながらもまっすぐにのぼってゆきます。ふと隣を見ると、それまでずっと心をうしなっていたはずの祖父が、細い棒のような二本の脚をまっすぐに伸ばして立って、空高くのぼってゆくとみ子の煙を精悍《せいかん》な顔つきで見送っていました。

それが、とみ子との別れでした。

話が随分と逸《そ》れてしまいましたね。父の不貞の話に戻ります。

とみ子が死に、祖父の認知症はさらに進んだようでした。それでも施設に入れるほどではなく、しばらく大阪の家に残って様々な手続きや後片づけをしていた父は、祖父のために週二日のケアサービスを申し込み、祖父は大阪の家でひとりで暮らすことになりました。

諸々《もろもろ》のことを終えて東京に戻ってきた父は、それから異様なほど仕事に没頭しました。毎日のように帰りが夜中の二時や三時をまわり、休みの日もほとんど会社にこもるようになったのです。最愛の母を喪《うしな》った悲しみを紛らわせるつもりだったのでしょう。家にまで仕事を持ち込むようになった父に、母はうんざりした表情で、

「これだからマザコンは、母親が死んだとき困るのよね」

と、呟きました。

母は、わたしよりもできの良い兄ばかり可愛がるところがあり、その寵愛《ちょうあい》を受けている

兄もすでに十分マザコンとしての素質が備わっていたのですが、母はそのことには気がついていないようです。

父はがむしゃらに働き続け、その成果もあっていくつかの仕事を成功させ、順調に会社での地位を確立していきました。そして新たに大きな仕事を任されたとき、例の新人社員の女性が父のサポート役に任命されたのです。

あとになって母から聞いたのですが、その女性は母と同じ茨城の出身だったそうです。大学卒業後、就職を機にひとりで上京し、社会に出たばかりで右も左も分からないうちに大きな仕事を任され、頼れる人が父しかいない状況に置かれた彼女が、忙殺される日々の中で父から優しい言葉をかけられたり微笑《ほほえ》まれたりしたことで、くらりと気持ちが傾いてしまったのかもしれません。父は気の弱い人間ですが、年下や立場の弱い人間に対して、優しく接することのできる人です。彼女は、父のそんなところに惹《ひ》かれたのでしょうか。

とにかく父と彼女はそういう状況の中で恋愛関係に陥り、それでもふたりは謙虚に、と言ったらおかしいでしょうか。例えば父は、休みの日にはわたしや兄を映画館や遊園地へ連れて行ってくれましたし、ときには母とデパートへ出かけてスカーフや靴をプレゼントしたり、家族サービスを怠りませんでした。相手の女性もわたしたちの家に電話をかけてきたり、父に離婚を迫ったりという行為をすることはなく、その存在を完璧に消し去っていました。ふたりはただひっそりと息を潜め、抑えることのできないおままごとのような恋心を小さく燻《くすぶ》らせていただけなのです。周囲に痕跡を残さないよう、執拗《しつよう》なまでに気を配っていたのに、父の寝言が原因で母に知られてしまうなんて、なんとも馬鹿げた悲しい結末でした。

一向に止《や》まない父の寝言を真剣にとみ子の怨念だと疑った母は、日曜日に父をお祓いで有名な神社へ連れて行くことにしたのです。暇だったので、わたしもついて行きました。

父はわけが分からないまま、神主の祝詞《のりと》をぽかんとした顔で聴いています。

「俺、今年厄年だっけ？」

帰り道、不思議そうに聞く父に母はすっきりとした顔で笑って言いました。

「違うわよ。あなた、最近夜中にずーっとうなされていたから。変なものが取り憑《つ》いているんじゃないかって、心配になっちゃって」

「うなされてる？　俺が？」

「そうよお、毎晩毎晩、『母ちゃん、母ちゃん』って。私は『カオチャ』とか『カヨチャ』とかって聞こえたんだけど。奈保子に話したら、母ちゃんって言ってるんじゃないのって言うから。お義母さんの霊が成仏できないであなたに取り憑いてるのかと思ったら、こわくなっちゃって」

そこまで話して母は、父が顔を真っ赤にしていることに気がつきました。

父は赤面症です。照れたり怒ったりすると途端に顔が真っ赤になります。とみ子を怨《おん》霊《りよう》扱いしたことに父が怒ったのだと思った母は、慌てて、

「私が言ったんじゃないのよ、奈保子が言ったのよ」

と、誤魔化そうとします。

「わたし、言ってないよ。取り憑いたとか言いだしたのはお母さんでしょ」

すぐにわたしは反論しましたが、父の様子がおかしいことに、母もわたしも気がつきました。どうやら怒っているわけではないようです。父は、なにかとんでもない失敗をしたような、そんな顔をしていました。そういうときにも、父の顔は真っ赤になるのです。落ち着かない父の様子に、母はすぐさま訝《いぶか》しがりました。父の態度を怪しいと判断したのです。それはもう、女の勘というものでしょう。

「カオチャ、カヨチャ……」

母は口に手をあて、なにかを考え込むようにぶつぶつ言いはじめました。父は誤魔化すように、顔を手のひらで何度も撫《な》でつけて、

「なに、そんなこと、俺言ったかなあ？　聞き間違いじゃないの」

と、わたしでも分かるほどに狼狽《ろうばい》して言います。父は素直で、嘘のつけない人でした。誤魔化すように何度も手のひらで顔を撫でつけましたが、その赤みは一向に静まらずに、ますます色濃く父の内面を映してしまいます。

母は物凄い形相で顔をあげると父を睨《にら》み、

「かおちゃん？　かよちゃん？」

と、突然詰め寄りました。父は首を横に振り、なにか言おうとしました。けれど、なにも言えないのでした。

「かおりちゃん？　かおるちゃん？　かなちゃん？　かよこちゃん？」

矢継ぎ早に女の名前を羅列しはじめる母に、わたしはわけが分かりませんでした。父は可哀そうなほどに狼狽《うろた》えて、ただ、

「違う。そうじゃない。違うんだ」

と繰り返すばかりです。母の声は次第に絶叫に近いものになり、

「かなこちゃん！　かよちゃん！　かおるこちゃん！」

と、鬼のような形相で叫びだします。通りかかった通行人がぎょっとして、女の名前を大声で連呼する母を振り返っていました。

それから家に帰りつくまで寸分も休まず激しく追及し続ける母に、父の弱々しい弁解など、何の役にも立ちません。家に着くと、母と父は寝室にこもりました。寝室からは母の絶叫のような怒鳴り声が幾度も聞こえて、高校のサッカー部の練習から帰ってきた兄が、なにごとかと驚いていました。

その夜、わたしと兄はコンビニ弁当を食べました。わたしはたらこスパゲティ弁当、兄はカツカレー弁当です。わたしたちがコンビニ弁当を食べているあいだも、テレビを見ているあいだも、お風呂に入っているあいだも、母の絶叫が止むことはありませんでした。そしてわたしと兄が寝静まったあと、父はついに白状したのです。

それからの母の行動は素早かった。

父の会社に乗り込むと、片っ端から出会い頭に女性社員ひとりひとりに名前を名乗らせ、

前原佳代子《まえはらかよこ》と平田香織《ひらたかおり》というふたりを見つけだしました。

　前原佳代子は経理部の四十六歳、三人の子持ちです。丸々と蓄えた脂肪と疲労の濃さを滲《にじ》ませたおたふく顔をじっくり観察したのちに、母は彼女ではないと判断したそうです。そして、そのあとに見つけだした平田香織は母が問い詰めるまでもなかった。平田香織は母が誰なのかを理解した途端にその場で泣き崩れ、号泣しながら母に謝ったそうです。

　母は、平田香織の若く潤った肌、適度に明るく染められた艶々とした巻髪、それを複雑に頭上でまとめあげた壊れそうで決して崩れない完璧なフォルム、隙のない化粧、パリッとした皺のないスーツに丁寧に磨かれたブランドもののパンプスという出《い》でたちを見て、ぷつりと糸が切れたと言っていました。

　母は父の不倫相手を、どこかの田舎から出てきたばかりの芋っぽく、若さだけが取り柄のような女だと想像していたそうです。母はブランドものに興味がなく、化粧や外見にもあまり構わない人でした。顔も身体のつくりも幼く少女のようなので、そのままの自然体でいるのが一番似合います。父は、母のそういうところが好きだと言っていたそうです。周りの女性が服や化粧や髪型で外見を飾りたてる中、ひとりだけそういったものに興味を示さず、陸上部に所属し強烈な紫外線ものともせずに、燦々《さんさん》と降り注ぐ太陽の光を浴びながら活発に走りまわる、そんな母を好きになったのだと。

　それなのに不倫相手の平田香織は、整った顔立ちと透き通るような白い肌、メリハリのある女性らしい身体を持ちあわせているうえ、雑誌を読み込み流行を押さえ、それでいて派手すぎずやり過ぎないよう、頭の天辺《てっぺん》から爪先《つまさき》まであますことなく気を遣《つか》っているような女だったのです。一日分の給料を注ぎ込んでいるであろうキラキラと輝くネイルアートを施す彼女の爪を見て、そんな女に惚《ほ》れてしまった父に、

「根っこから信頼も愛情も消え失《う》せた」

と、母は言いました。

平田香織は、父と母が出会った大学で男子学生たちから一番人気のあった、しいちゃんという同級生の女の子によく似ていたそうです。

「あのひとは大学のときだって、私じゃなくて本当はしいちゃんのことが好きだったのよ。でもしいちゃんは人気すぎて手が届かなかったから、一番どうにかなりそうな私を選んだだけなのよ」

平田香織と会った日、母は年々シミの増えていく頬を歪めて、そう吐き捨てました。

母が平田香織とどういう話し合いをしたのかは分かりませんが、彼女は数日後、会社に退職願を提出したそうです。それは問題なく受理され、一方で、若い女性社員に手を出した挙句、妻が会社に乗り込んでくるという大醜態を晒《さら》したにもかかわらず、父へのお咎《とが》めはなかったそうです。それまでの父の仕事に対する献身ぶりを考慮し、会社としても大目に見ることにしたのでしょう。大目に見ることができなかったのは、母だけでした。

そのときわたしは小学五年生になっており、けれど不潔だとか不貞だとかいうことが、まだあまりよく分かりませんでした。それよりも、平日の昼間にやっているドラマのよう

な出来事が我が家で起こっている、そのどこかわくわくとした野次馬根性のほうが勝っていたのです。それは兄も同じだったようで、毎夜毎夜、寝室で母が父を罵倒しはじめると、リビングで宿題をしているわたしと兄は、目を合わせてにやにやと笑いました。母の怒りは凄《すさ》まじく、父を罵倒するだけでは飽き足らず、皿を割り椅子を投げ壁にそびえる本棚をなぎ倒し、そのあまりの騒がしさに隣人が怯《おび》えながら様子を見にくるほどでした。

毎晩そんな状態が続き、そのまま夏休みに突入したある日、母が忽然《こつぜん》と姿を消しました。洋服を数枚、それから財布と大きなボストンバッグだけを持って、母は置手紙もなく突然いなくなったのです。母の携帯に電話をしても電源が切られており、数少ない母の親戚に問い合わせてもなにも情報は得られません。母の親しい友人など、わたしたちは誰ひとりとして知りませんでした。

母が姿を消してから三日間、わたしたちは手分けをして近場のお店やホテルを訪ね歩き、母を探しました。日中は、父は仕事へ、兄は部活へ行ってしまうので、わたしはひとりで自転車に乗り、母を探して街中を走りました。

公園のベンチに腰かけている人の顔は、たとえそれが見るからに男性であっても、ひとりひとりじっくり見てまわりました。スーパーで買いものをしている人、コンビニで雑誌を立ち読みしている人、歯医者の待合席に座っている人、宝くじ売り場に並んでいる人、小さな子どもを後ろに乗せて自転車で走っていく人の顔もじっと見つめて、どこかに母がいないか一日中探してまわりました。けれど母はどこにもいませんでした。

ゴミ捨て場の前で井戸端会議をする人、道端で猫を撫でている人、ガラス張りの美容室でパーマをあてている人、値引きシールの貼られたひき肉をかごに入れるかどうか迷っている人、飼い犬に引きずられるようにして散歩をしている人、大声で笑いながら携帯電話で話している人。少し見渡せば街に人は溢《あふ》れるほどいるのに、母はどこにもいません。街ゆく人たちはみんな、行くべき場所や帰る場所がちゃんとある人のように、足早にわたしの前を通り過ぎ、そして去っていきました。

警察に届けようと父が言いだしたのは、母が姿を消して四日が過ぎたころです。

「事故や事件に巻き込まれているかもしれない」

そう言って、父は蒼白《そうはく》な顔で警察に捜索願を提出しに行きました。けれど事情が事情なだけに、警察もまともには取り合ってくれません。

「旦那さん、そりゃ、奥さんもしばらくひとりになりたいでしょうよ。でも大丈夫、そのうちひょっこり帰ってきますから。いまごろ、温泉宿なんかでのんびりしてるんじゃないですか。あ、もし旦那さん名義のクレジットカード、奥さんが持ってるなら注意したほうがいいよ。ごっそり使い込まれたりするからね。こないだウチの若いのが同じような理由で奥さん家出しちゃってね。帰ってきたはいいけど、翌月の請求額、酷いのよ。六十七万だって、六十七万。家出してたの、たったの三日間よ。いったい、なにに使ったらそんな額になるのかねえ」

担当した父と同い年くらいの警察官はそんな世間話をして、陽気に笑いながら父の肩を叩きました。父は律儀に、はあ、はあ、と相槌を打ちながら彼の話を聞いています。

「奥さんが家に帰ってきたらね、家族で海外旅行でも行きなさい。グアムなんかいいね。あそこなら安いから。それで女はコロッと機嫌直るんだから」

警察官はそう言って大きな声でひとしきり笑うと、書類を書き終えた父を笑顔で送りだします。わたしには、ぶどう味の大きな飴玉《あめだま》をひとつくれました。

帰り道、父は憔悴しきった顔でわたしに言いました。

「奈保子、夏休みのあいだおじいちゃんのとこ行ってるか？　お父さん仕事休めないから、朝から夜まで家でひとりぼっちになっちゃうだろ。お兄ちゃんはあさってからサッカー部の合宿に行くみたいだし」

父の提案を聞いて、わたしの頭の中に、とみ子がしゃがみ込んだ新幹線の駅のホームや、死んだとみ子の冷たくすべらかな肌が次々と浮かびました。同時に、あのどうしようもなく暗く悲しい気分が思いだされます。

わたしは首を横に振り、

「わたし、家にいる。お母さん、帰ってくるかもしれないし」

そう言うと、父は困ったような顔をしました。そして、

「ごめんな、奈保子」

と、小さく、囁くほどの声で言います。

その父の声がとみ子の声と重なって、わたしはたまらない気持ちになりました。また、

わたしは人を悲しませてしまったと思ったのです。

　夏休みがはじまったばかりだというのに、連日曇り空が続いていて、いまにも雨が降りだしそうな灰色の分厚い雲が空を覆っていました。遠くで雷の唸《うな》り声が低く鳴り響いて、町に夕立の気配が漂いはじめます。じめじめと湿った暑苦しい空気の中で、わたしの心はしんと静かに冷えていました。わたしと父はそれ以上の言葉もなく、ただ、足もとに続くアスファルトの上を黙って歩きました。

　わたしたちの前を、黄緑のワンピースを着た若い母親と、よちよち歩きの幼い子どもが手を繋《つな》いで歩いています。どんよりとした風が吹き、若い母親のワンピースが膨らんで、裾の下から生白いふくらはぎが見えました。なんだか見てはいけないものを見てしまった気がして、ちらりと隣の父を見ると、父はまじまじと若い母親の白いふくらはぎを見ています。幼い子どもが振り返り、勝手に女の子だと思っていたその子は男の子でした。

　わたしは歩く速度をあげ、若い母親と幼い男の子を追い越して道の角を曲がりました。来月取り壊される予定の銭湯の煙突から、灰色の空へ向かってもうもうと煙が吐きだされているのが見えます。その煙を見て、わたしは不意に、揺らめきながらもまっすぐにのぼるとみ子の煙を見ていた祖父の横顔を思いだしました。あの奇妙な静けさを持つ祖父に、わたしはどこか自分に近しいものを感じていたのです。母が失踪し、わたしの心にぷすりと空いた小さな穴を、祖父なら分かってくれるような気がしました。

　わたしは灰色の空へのぼる煙を見つめながら、ほとんど無意識に言いました。

「やっぱりわたし、おじいちゃんの家、行こうかな」

わたしの言葉に、後ろをついてきた父はパッと顔を明るくして、

「本当か、奈保子」

と、喜びました。

父はわたしのこと以上に、ひとり田舎に残してきた認知症のはじまっている祖父のことが気がかりだったのでしょう。小学五年生の女の子がひとりで行ってどうにかできるものでもないでしょうが、父のほっとした顔を見て、わたしも自分がほっとしていることに気がつきました。東京の家でたったひとり、いつ帰ってくるかも分からない母の帰りを待ち続けるのは、とても耐えられそうになかったのです。

灰色の雲はどんどん色を濃くし、夏の太陽は死んでしまったかのようにその姿を完全に消し去っていました。遠く雷の音が鳴り響く中、わたしと父は雨が降りそうで降りださない夏の午後を、いつまでも歩いていたような気がします。

## 二

「もしお母さんが帰ってきたら、すぐに連絡するからな。なにかあったらお父さんに電話するんだぞ。お父さんもお兄ちゃんも、お盆にはそっちにいくから」

品川駅の新幹線のホームまで見送りにきた父は、何度も同じことを繰り返していました。ひとりで新幹線に乗るのは初めてでしたが、毎年家族で大阪へ行っていたので不安はありません。わたしは初めてのひとり旅にわくわくして、窓の外で心配そうに手を振る父に、笑って手を振り返しました。

新幹線が発車すると、わたしは父に買ってもらった駅弁を食べて、ジュースとお菓子を広げて思う存分漫画を読みました。周りは家族連ればかりでしたが、不思議と寂しいという感覚はありませんでした。むしろ自分ひとりで好き勝手できる、その身軽さに心地よさすら感じていたように思います。漫画を読みながら気がつけば居眠りをし、うとうとしているとあっという間に新大阪駅に着きました。

駅のホームを抜けて改札を出ると、人気アニメのキャラクターが描かれた紫色の派手な

Tシャツにジーンズを穿《は》いた、ふくよかな女性がわたしに向かって大きく手を振っているのが見えました。ケアセンター職員の長谷辺《はせべ》さんです。長谷辺さんは週二日、祖父の家に通って身のまわりの世話をしてくれている人で、父の連絡を受けてわたしを新大阪駅まで迎えにきてくれたのです。三十八歳で独身だという長谷辺さんは明るく楽しい人で、よく喋りよく笑います。わたしは長谷辺さんの運転するケアセンターのワゴン車に乗り、祖父の家まで送ってもらうことになりました。

いつもは新大阪駅から在来線で向かうので、車から見る景色がもの珍しくて、わたしは窓にへばりついて外を眺めました。新大阪から大阪へ渡る大きな橋を、わたしはこのとき初めて車で渡ったのです。橋には歩道もあり、集団の学生やサラリーマン、ランニングをしているおじいさんや買いもの帰りの親子、犬を散歩させているおばあさんが橋を歩いて渡っています。大きな川を横切るこの途方もなく長い橋を歩いて渡れることに、どうしてかわたしはとても驚き、感動しました。

「川が好きなん?」

窓の外を食い入るように見つめるわたしに、長谷辺さんは笑いながら言いました。川の両岸には河川敷があり、そこで少年たちが野球をしているのが見えます。わたしは無言で頷きました。

「よっしゃ、そんならちょっとドライブしていこか。ヨットハーバーって、行ったことある? 静かで気持ちええとこやで」

長谷辺さんはそう言って、橋を渡り切ると道路を右折します。しばらく道なりに走っていくと、右手にまた川が見えました。いま渡ってきた川です。

「そこからおじいちゃんの家は遠いの？」

「遠《とお》ない遠ない、車で十分くらいやで。ちょっと散歩したら、すぐ送ってったげるから、心配せんでええよ」

からっと笑う長谷辺さんにわたしは頷きながら、信じられない気持ちでした。祖父の家は住宅地の中にあり、少し道を外れると工場地帯が広がっていて、その辺りは危ないから行かないようにと父から言われていました。しかしどうやら、工場地帯を抜けた先にこの川があるようです。

大阪に遊びに来ると、とみ子と祖父に万博公園や大阪城、天王寺《てんのうじ》動物園に難波《なんば》の商店街や梅田《うめだ》のデパートなど、様々な観光地へ連れて行ってもらいましたが、家の近くで遊んだことはほとんどありません。家の辺りは工場地帯なのでご飯屋さんも娯楽の場もないようで、大阪に来るたびに母が、

「あなたの実家じゃなくて、梅田のホテルに泊まりたい」

と文句を言っていたのを思いだしました。

長谷辺さんは道の行き止まりで車を止めると、車を降りて外へ出ました。そこが地上の端っこのようです。川はその先から海となって広がり、振り返ると先ほど渡ってきた橋が他のいくつもの橋と重なって見えます。遠くに、梅田のビル群がありました。

真夏の強く照りつける陽を浴びて、海はぎらぎらと反射しながら静かに波打っています。とんでもなく開放的で、そして人工的な、不思議な場所でした。

「ここ、おばちゃんのお気に入りや。広くて静かで、気持ちええやろ」

長谷辺さんは気持ちよさそうに腕を広げて伸びをします。わたしもそれを真似《まね》て身体を思いきり伸ばしました。もしも空気に硬度のようなものがあるなら、大阪の空気は東京の空気よりも少しだけ柔らかいように感じます。

海にはカモの大群が音もなく浮いていて、消波ブロックが意味あるみたいな並び方で重なり合っていました。防波堤には釣り糸を垂らすおじさんが、芝生にはゴルフの素振りをするおじさんがいます。岸にはたくさんの漁船がぎっしりと泊《と》めてあって、その向こうにインドの宮殿のようなカラフルな建物が見えました。

「あれ、なに？　お城？」

わたしが訊くと、長谷辺さんはからっと笑って、

「ゴミほかすとこ」

と、教えてくれます。

長谷辺さんは自動販売機でペットボトルのコーラを二本買うと、蓋を開けて渡してくれました。芝生の上に座ると、潮のにおいと、原っぱのにおいと、煙草の吸いがらのにおいがします。熱い日差しの中で、気がつけばわたしのこめかみからは汗が滴っていました。ひとくち喉を鳴らしてコーラを飲むと、喉の奥で泡が弾《はじ》けて、とんでもなくおいしかった。

頭が痺《しび》れて、思わず両目をぎゅっと瞑ります。それからそっと目を開くと、刺すような青が視界いっぱいに広がりました。空の青と海の青が遠くで混ざり、太陽の光を反射して波間が光って、眩《まぶ》しかった。その光が静かな熱気を持って、全身を包んだのを感じました。

それまでは気にも留めていなかった蟬《せみ》の戦慄《わなな》く声が耳から血流を辿《たど》って駆け巡り、身体の隅々まで夏のはじまりを知らせます。わたしは大きく息を吐き、それから顔をあげて、ちょうど天辺にある真夏の太陽を視界に捉えました。そのとき、なんだかこれから特別な日々がはじまるような、そんな予感がしたのです。

夏の海はどこまでも広く、地球の裏側まで海が続いているようです。カモの大群はいつの間にか、遠くへ流されていました。

「奈保ちゃん、ひとりで大阪まできて、えらかったね」

額から垂れる汗を腕でぬぐいながら、長谷辺さんが言いました。

「全然、ふつう」

わたしが答えると、長谷辺さんはからっと笑って、わたしの肩をぽんぽんと優しく叩きます。その手は大きく分厚くて、わたしの肩をすっぽりと包んでくれました。

長谷辺さんと横に並んで座り、芝生に自分たちの影を落としてじりじりと太陽に焦がれながら、わたしたちはコーラを一気に飲み干しました。

カモの群れが突然、一斉に飛びたっていったと思ったら、そのすぐあとを水上ジェットコースターが横切っていきます。水飛沫が冷たそうで、見ていて気持ちがよかったです。

長谷辺さんのからっとした笑顔は、その場所にとてもよく似合っていました。

それからわたしたちは再びワゴン車に乗り込み、祖父の家へ向かいました。

半年ぶりに会う祖父は、以前よりも小ざっぱりしたようでした。もともと痩せた体形をしていましたが、より不必要なものをそぎ落としたような、それでいてなぜかとても健康に見えます。

認知症は進行しているらしく、わたしを見てもなんの反応も見せずに縁側にじっと座ったままでした。長谷辺さんに対しても似たような反応でしたが、祖父は長谷辺さんの言うことには大人しく従い、反抗せずわがままも言わないそうです。

「えらい大人しゅうて、ああやって一日中、縁側で座っとるのよ。話し相手にはなってもらえんやろうけど、手がかかることもあらへんよ。なんかあったら、いつでもおばちゃんに電話してな」

長谷辺さんはそう言って、電話番号のメモを渡してくれました。毎週、火曜日と金曜日に家にきてくれて、そのときに食材や日用品など必要なものをまとめて買ってきてくれるそうです。長谷辺さんの住む家はここから車で二十分ほどらしく、わたしに家のことを一通り説明すると、相変わらずからっとした笑顔を見せて、手を振り去っていきました。

長谷辺さんがいなくなると、家の中は隙間風が吹き込んだように、すっと静寂に包まれました。とみ子がいなくなり祖父がひとりで暮らすようになった家は、以前とはまるで別物のようです。家具や物の配置はなにひとつ変わっていないはずなのに、空気がまったく違うのです。玄関の隅に置きっぱなしにされたままのとみ子の日傘や、テレビと壁の隙間に落ちているとみ子の赤い老眼鏡、棚に置かれたままの手鏡、ピンクの花柄のハンカチ、パンダの絵が描かれた急須など、とみ子の生活の断片が家の至るところに残されていて、それが余計に、とみ子の不在を強調しているようでした。かつてとみ子がここで暮らしていたという過ぎ去った気配だけが家中に漂っています。エアコンのない家でしたが、暑さはほとんど感じませんでした。家のあちこちに置いてある蚊取り線香のにおいも、どこか冷えて香ります。

わたしは仏壇でとみ子に挨拶をしてから、いつも使っている客間へ向かいました。荷物を下ろして畳の上に座ると、またここに帰ってきたのだと思いました。仰向けに寝転んで天井を見あげると、大きさの違う四匹の蜘蛛《くも》が一列に並んでゆっくりと這《は》っている様子が見えます。

畳のにおいを吸い込みながら、あの蜘蛛たちは家族なのかな、と思いました。

その日から、わたしと祖父の生活がはじまりました。

わたしたちは互いに出かける用事がないので、一日中家の中で過ごします。けれど会話はまったくありませんでした。祖父がわたしを覚えているのか、わたしの存在を認知しているのかさえ分かりません。

祖父はほとんど喋らず四六時中ぼんやりしていますが、きちんと顔も洗うし歯も磨くし、三日に一度は風呂に湯を溜《た》め、一時間近く湯船に浸《つ》かることもあります。食事はほとんどがレトルト食品でしたが、素麺《そうめん》を茹《ゆ》でたり焼きそばをつくったりすることはできました。わたしに話しかけてくることはありませんが、長谷辺さんに言われた通り、ご飯はきちんとふたり分用意してくれます。

わたしはときどき洗濯ものを干したり、気が向いたら部屋の掃除をしたり、たまには自分でご飯をつくったりしながら、ほとんどは宿題をして過ごし、飽きたらテレビを見て、それにも疲れたら漫画を読み、そしてなにをするでもなく縁側に座り外を見ている祖父の隣に並んで、一緒にぼんやりしていました。

わたしは祖父の、奇妙な静けさが好きでした。祖父は口数が少ないだけでなく、所作も、その存在すらも静かなのです。祖父と過ごしていると、わたしの心の中に空いた小さな穴が、少しだけ埋まっていくような感覚がありました。おそらく祖父といる空間では、母の不在を忘れられたからだと思います。

わたしは日が経つにつれ、母が家を出て行ったのは自分のせいなのではないかと思うようになりました。もしわたしが良い子だったら、母はわたしを置いて行くことはなかったはずだと思うのです。父を憎んで家を出るとしても、わたしも一緒に連れて行ってくれたはずだと。母はわたしを嫌いなのだと思いました。同様に、父も兄もわたしを好きではないのだと思いました。そうでなければ、まだ小学生のわたしをたったひとり、遠く離れた大阪の地へ追いやることなんてなかったはずです。

わたしは家族から捨てられた気分でした。夜、たったひとり広い客間の畳の上に布団を敷いて寝ていると、誰もいない夜の海岸に打ち捨てられた廃車のような気持ちになります。四匹の蜘蛛の一家は、わたしがここに住みはじめてから姿を消しました。家の外から聞こえる夏の夜の虫の声だけが、辛《かろ》うじて生き物の気配を知らせてくれます。隣の部屋で寝ているはずの祖父の寝息もその気配もなく、わたしはぐるぐると渦巻く宇宙の暗闇の中へ、たったひとり放りだされた気分でした。

夜が明け、太陽の訪れとともに外を走るバイクや車の音が聞こえはじめると、わたしはようやく布団の生ぬるい感触を実感することができます。早起きな祖父が隣の部屋を出て、洗面所のガラス戸をピシャリと閉める空気を引き裂くような音が家に響けば、ようやく、わたしはひとりではないと思えるのでした。

そんな風に一週間は過ぎていきました。

あまりにやることがないので、わたしは夏休みの宿題をすべて終わらせてしまいました。持ってきた文庫本も漫画もすべて読み尽くし、テレビもつまらなく、祖父の隣でぼんやりすることにも飽きたので、わたしは父からもらったお小遣いを持って、本屋へ行くことにしました。長谷辺さんが来る日に連れて行ってもらおうと思っていたのですが、次に長谷辺さんが来るのは二日後で、それまでとても暇を我慢できそうになかったのです。

朝、陽あたりの良い庭に干しておいた洗濯ものは、お昼前にはすべて乾いていました。

縁側に取り込むと、たっぷりの陽射《ひざ》しを浴びた洗濯ものは、まだほのかに温かかった。畳むのは夕方にすることにして、居間に行って本屋へ行くことを祖父に伝えようとすると、テーブルに焼きそばが用意してありました。祖父はもう食べ終えたようで、流しに汚れた皿とコップと箸が水に浸けて置いてありました。わたしは冷めてぼそぼそとした焼きそばを食べて、祖父の分も一緒に洗いものを済ませると、祖父の部屋をのぞいてみました。祖父は真っ白なシーツがかけられた敷布団の上で、姿勢よく仰向けになって昼寝をしていました。あまりに静かなので死んでいるのかと思いましたが、近づいてみると、わずかに呼吸の音が聞こえます。わたしは祖父の部屋を出て、客間に置いたリュックからオレンジ色のマジックテープ式の財布を取りだすと、サンダルを突っかけて家を出ました。

祖父の家から十分ほど歩いたところに、この辺りではめずらしい二階建てのスーパーがあって、一階と地下は食品売り場、二階は本屋と生活用品売り場になっています。店内にはエレベーターも階段もなく、エスカレーターだけで上り下りをするそのスーパーには、これまでにも何度か行ったことがあったので、わたしは迷わずに行ける自信がありました。

しかし三回目の横断歩道を渡ったときに、その自信は打ち砕かれました。

なぜか横断歩道の前に汚れたボールペンが何本も落ちていて、わたしは不思議に思って顔をあげ、辺りを見わたして、そして自分がまったく見覚えのない場所に立っていることに気がついたのです。

立ち尽くすわたしのすぐ横を、荷台に大量のドラム缶を積んだ大型トラックがゴーッという騒音を立てて通り過ぎていきます。心臓がヒヤッとして思わず目を瞑って、それからおそるおそる目を開けると、白い砂埃が舞っていて、そしてそこは相変わらず、わたしの見知らぬ場所でした。それまで、わたしはいつも父や母のあとを兄とふざけながら歩いていたので、スーパーへの道順などまったく覚えていなかったのです。

渡ったばかりの信号を戻り、来た道をたどって道なりに路地を歩いていると、ゆるやかな風が吹いて、前を歩くおばさんから柔軟剤のいいにおいが漂ってきました。少しパーマのかかった短い髪をしたおばさんの丸まった背中は、母のようでもあり、また、とみ子のようでもあります。わたしは思わず、そのおばさんのあとをついて行きました。空は晴れていて、生ぬるい風が吹いていて、ときおり大型トラックが騒音を立てながらわきを通り抜けていきます。前を歩くおばさんから漂う柔軟剤のにおいは、先ほど祖父の家の庭から取り込んだ洗濯ものから香ったにおいと、よく似ていました。

パーマのおばさんは路地を抜け、大通りの横断歩道を渡って、建物の影に覆われた暗く細い歩道を歩いていきます。いつの間にかあたりに他の人の姿はなく、おばさんとわたしの二人きりになっていました。このまま二人で地上の果てまで歩いて行くのかとぼんやり思い始めたころ、おばさんは唐突に立ち止まり、路地に停《と》めてあった紺色の車の鍵を開けて運転席に乗り込みました。そのときにちらりと見えた横顔は、母にもとみ子にも似ていませんでした。おばさんはエンジンをかけるとすぐに車を発車させ、しばらく走ったあと角を曲がり、吸いこまれるようにしてその姿はあっという間に見えなくなります。

気がつけばわたしは工場ばかりが建ち並ぶ、不気味なほどに静まり返った通りにひとりで立っていました。日中だというのに人気《ひとけ》がなく、大きな建物でできた影が辺り一面を暗く覆い、奇妙にひんやりしています。通りにはなぜか車が何台も連なって停まっていて、向かい合わせに停まっている車もあれば、廃車のように埃を被って砂だらけになっている車もあります。近くに停まっていた赤色の車の運転席を窓ガラス越しにのぞいてみると、ストローがささったままの飲みかけのアイスコーヒーと、夏なのに茶色い革の手袋、それからくまのプーさんの毛布が置いてあるのが見えました。

するとと突然、バリバリッというなにかを破壊するような騒音が辺りに響いて、わたしはぎょっとして顔をあげました。音は近くの工場から鳴っているようで、誰もいる気配がないのに、機械だけが突如として動きだしたようです。わたしは弾かれたように走りだしました。この不気味な地帯から逃れようと必死で出口を探していると、突然建物の脇から、黒い影が飛びだしてきました。わたしは驚いて、大きな悲鳴をあげて派手に転びました。飛びだしてきたのは痩せ細った黒猫でした。鈍い痛みがして右足を見ると、膝頭に鮮烈な赤い血が滲んでいます。黒猫に小石を投げつけると、黒猫はシャーッと激しく威嚇《いかく》して、そのまま別の建物の陰へと走っていきます。わたしは激しく波打つ心臓がおさまるのも待たずに立ちあがり、痛む足を引きずって再び走りだしました。手のひらも擦りむいたようで、走って風を切るたびに傷口がずきずきと痛みます。道なりに並ぶ電柱のすべてに、「見てるぞ！　車上荒らし」の文字と歌舞伎の目のようなイラストが描かれたポスターが貼ってあって、わたしは四方八方から見張られているような気分になりながら、ひたすらに走りました。

そうして必死に走り続けていると、突然、視界が開けました。暗い工場地帯をようやく抜けて、太陽の陽射しが降り注ぐ大きな車道に出たのです。目の前を市内バスが通り過ぎるのを見て、助かったとわたしは息を吐きました。全身を覆っていた不安が、静かに引いていくのを感じます。市内バスが走って行った先に、バスの停留所らしいものがぽつんとあるのが見えました。随分と古びた、廃墟《はいきょ》のようなバス停です。わたしは車道を渡って、バス停に駆け寄りました。はげた時刻表を目で追っていると、ふと、風が変わったことに気がつきます。海だ、とわたしは思いました。長谷辺さんと並んでコーラを飲んだ、あのヨットハーバーで感じた潮のにおいがしたのです。バス停の後ろには小高い丘があって、潮のにおいはその向こうから流れてくるようです。近くに階段が見あたらなかったので、わたしはアスファルトの上に雑草の生い茂る小さな丘をよじのぼりました。

丘をのぼりきると、刺すような太陽の光が全身を焼きつけました。

カーテンを開くように視界が開け、目の前には大きな川が流れています。長谷辺さんの車に乗って渡った、あの大きな川です。

丘の上に立って川を眺めていると、すぐ額に汗がにじみました。横からは生ぬるい海風が吹いてきます。丘の上には細い道が続いていて、柵もなくすぐ横を川が流れていました。川べりには短い土管のような変わった形のコンクリートがいくつも積み重ねられ、そこに煙草の吸殻や空き缶、レジ袋、誰かが遊んだ手持ち花火の残骸が打ち捨てられています。車で橋を渡っているときに見えた綺麗《きれい》な河川敷や野球場とは違った、どこか荒廃した道がずっと先まで続いていました。ところどころ、石でできた道が川へ向かって突きでている場所があり、その上に立つおじさんが釣り竿《ざお》から糸を垂らしているのが見えます。炎天下で帽子を被り長袖を着て、ひたすら釣り糸の先を見ているおじさんからは、どこか祖父と似た静けさを感じました。

わたしは川べりへ下りていって、突きでた石の上に立ち、川の中をのぞいて見ました。水の色は濁っていて、川は停滞しているのかほとんど波は立たず、水中で小さな木の枝が僅かに揺らめいているのが見えます。そこはまるで、水の中の墓場のようでした。そばに落ちている白い木の枝が、わざとなのか偶然なのか十字の形に置かれています。

わたしは石の上にぺたりと座り、そこでしばらく休憩することにしました。祖父の家を出てから、おそらく一時間近くは歩きまわっていたはずです。座った途端、暑さと疲労でどっと身体が重くなりました。素足のまま履いていた蒸れたスニーカーから足を抜いて投げだすと、少しだけ解放された気分になります。たまらなく喉が渇いていましたが、近くには自動販売機もお店もありません。さすがに色の濁った川の水は飲めそうにありませんでした。

じっと座っていると、頭の天辺から容赦なく太陽に焼きつけられ、頭がまわらなくなり、視界が薄ぼんやりと濁っていきます。

氷が溶けるように意識がすーっと薄れはじめたとき、後ろから声をかけられました。

「なにしてるん？」

甲高い声でした。

驚いて振り返ると、同い年くらいの女の子が立っています。ぶかぶかの赤いTシャツに、小学校の体操着のような紺色の短パンを穿いたその女の子は、驚いたことに裸足《はだし》でした。

「……のど」

「え？　なに？」

「のど、かわいた」

思わず発した声は、自分でも心配になるほどにか細く、弱々しいものです。それきり、わたしは黙り込みました。他になにも言うことができないのです。

女の子はじっとわたしを見て、

「ちょっと待っとき」

と、裸足で走っていきます。

わたしは女の子の去った方向をぼんやり見て、そのまま身体を横たえました。一週間もずっと家の中にいたわたしの身体は、久々に浴びた太陽のぎらつく熱にすっかりやられてしまったようです。頭がガンガンと嫌に響きはじめ、目を閉じると視界は真っ赤に覆われます。吐き気すら感じはじめたそのとき、バシャッと顔に水がかけられました。

驚いて目を開けると、さっきの女の子が立っていました。手には、曇った磨《す》りガラスのコップが握られています。

「大丈夫か？　死んだらあかん。もう一回水取ってくるから、それまで辛抱しとき！」

女の子はわたしの頬をぺちぺちと叩いてそう言うと、再び走りだします。

わたしは裸足で投げだしていた自分の足が石の熱に焦《こ》がれて痛みを伴っていることに気づいて、慌てて蒸れたスニーカーに足を突っ込みました。あの子は裸足で大丈夫なのかと、重たい身体を起こしながらそんなことが気になりました。水をかけられたおかげで、幾分か頭がすっきりしています。

Tシャツの裾で濡れた顔を拭っていると、再び女の子が走って戻ってきました。女の子はコップになみなみと注いだ水を溢《こぼ》さずに、器用に走ってきます。

「これ、はよ飲み」

差し出されたコップに、わたしは礼も言わずに口をつけました。

長谷辺さんと一緒に飲んだあのコーラの味など比較にならず、これほどにおいしい水があるのかと感動して、一気に飲み干してしまいます。そうして一息ついてから、ようやくわたしは女の子に顔を向けました。

「ありがとう」

女の子はにこっと笑ってコップを受け取ると、わたしの隣に腰を下ろし、下からのぞき込むようにしてわたしの顔を見ます。

「あんた、この辺の子？」

「ううん、東京からきた」

「東京のどこ？」

「目黒《めぐろ》」

「ふうん。ウチな、東京のな、おっきいビルにのぼったことあるんよ。あんた、のぼったことある？」

「おっきいビルって、どんなビル？」

「さあ、知らん。小さいころにのぼったから、覚えてないねん」

女の子はそう言って、空のコップを器用にくるくるとまわします。

「こっちには、なにしにきたん？」

「おじいちゃんの家が、こっちにあるから」

「ふうん。おじいちゃんち、この辺なんや」

「うん」

真夏の太陽が川面《かわも》をぎらぎらと照りつけて、反射光が眩しく、わたしは目を細めました。こめかみから流れ落ちる汗が、目に沁《し》みて痛かった。女の子も額や首もとにダラダラと汗を流していて、身体よりも随分大きな赤いTシャツが肌に張りついています。けれど彼女はそんなことは気にもせず、どこか涼しい顔で小さな裸足の足を灼熱《しゃくねつ》の石の上にぺたりと並べて置いていました。

「いまな、弟たちがみんな寝てしまって、暇やってん。一緒に遊ばん？」

女の子はそう言うとわたしを見て、にこっと笑います。

そのときになって気がついたのですが、彼女は随分と背が低かった。顔を見たときは同い年くらいだろうと思ったのですが、身体は小さく痩せ細っていて、せいぜい小学二年生程度の身体つきなのです。

それでもわたしは、彼女が同い年くらいだという感覚が抜けませんでした。利発そうな大きな瞳や、ハッキリとした口調が、彼女を年下とは思わせないのです。

「ねえ、歳いくつ？」

「じゅっさいやで、あんたは？」

「やっぱり同じだ。じゃあ、五年生？」

「ウチ、学校行ってないねん」

「なんで？」

「オカンがな、学校なんて行ったらアカン、あんなところ行ったら頭おかしくなる言うて、ウチは兄ちゃんも弟もみんな学校行かへんのや」

わたしは驚きました。小学校には、子どもはみんな当然通っているものだと思っていたのです。

わたしは女の子をまじまじと見て、

「じゃあ、勉強してないの？」

と、聞きました。

「勉強、しとるよ。ウチらはみんな家でしとる。家とか、公園とか、好きなとこで好きな教科の勉強をするんや」

どこか誇らしげに女の子は言います。わたしは勉強も学校も嫌いではありませんでしたが、その自由さを少しだけ羨ましく感じました。

「じゃあ、嫌いな教科は勉強しなくていいの？」

「嫌いなもんをやるより、好きなもんをいっぱい勉強せえ、好きなもんで一番になりなさいって言われてん」

「ふうん」

「でもな、ウチほんまは算数キライやねんけど、ちゃんと勉強するようにしてん。計算できんと、将来お金のこと数えられへんで損するて、キミ兄ちゃんに言われてな」

それから女の子は、いんいちがいちー、いんにがにー、と九九を唱えはじめました。けれど二の段になると止まりがちになって、両手の指を使って一生懸命数えています。わたしは九九を小学二年生のときに習ったので、やっぱり彼女は見た目の通り、せいぜい二年生くらいなんじゃないかと思うのです。

「なあ、名前なんて言うん？　ウチはアサコ、朝日の朝に子どもの子でアサコやでえ」

アサコはそう言って、石の上に指で名前を書いて見せます。その指も細く小さく、いまにも折れてしまいそうで、わたしは自分の丸々とした指が恥ずかしくなって太ももの裏に隠しました。

「なあ、なーまーえー。ないの？　ないならウチがつけたろか」

黙っているわたしに、アサコがじれったそうに言います。わたしは慌てて、

「奈保子」

と名乗りました。

「ナホコ？　どういう字？」

「奈良の奈に、保健の保に、子どもの子」

アサコは自分の左の手のひらに右の指でしばらくぶつぶつ言いながら文字を書いていましたが、顔をあげると、

「子どもの子、アサコの字と一緒やな」

と言って、にこっと笑います。その邪気のないアサコの笑顔は、滴る汗で沁みたわたしの瞳に、ハッとするほど眩しく映りました。

長谷辺さんと並んでコーラを飲んだときに感じたあの予感は、もしかしたらアサコとの出会いのことだったのかもしれないと、このときわたしは思ったのです。

それからわたしはアサコに連れられて、川のすぐ近くにあるアサコの住むアパートへ向かいました。二階建てのその古びたアパートは、工場が押し寄せる細い裏道にひっそりと建っており、陽もあたらず風も通らず、じめじめとした雑草の生い茂る薄汚い建物でした。

アサコは一階の一番奥の部屋に、三人の弟と一人の兄と一緒に暮らしているそうです。父親はいないようで、去年までは母親と一緒に別のアパートで暮らしていたそうですが、

いまのアパートに越してから母親は次第に帰ってこなくなり、もうしばらくの間、母親の姿を見ていないそうです。アパートはもともと工場労働者のための宿泊所で、アサコたちの他に住んでいる人はいないようでした。ときどき、どこからか現れた路上生活者が勝手に住みつくことがあり、しばらくするといなくなっているそうです。

アサコたちの部屋に入ると、三人の弟が部屋の中を駆けまわっていました。

弟は九歳と五歳、一番下はまだ二歳です。汚れたオムツが放置されていて、部屋の中は酸っぱく獣じみたにおいがします。台所のある八畳間と、四畳の和室、トイレと洗面所と風呂、それがアサコたちの家のすべてでした。八畳間にはベビーベッドが置かれ、床には洋服やおもちゃ、漫画や教科書が散らばり、よく見てみると菓子袋や空き缶などのゴミも混じって散乱しています。四畳間には二組の布団が敷きっぱなしになっていました。

「近くになー、大きな団地があって、そこのゴミ捨て場からいろいろもらってくるんよ。おもちゃとか、べんきょう道具とかな。春になったらみんな、古い教科書捨てよるやろ。ときどきテストの紙とか、先生のわるぐち書いた手紙とかあって、おもろいでぇ」

アサコは足もとの散らばった物を手で避けて、わたしが座る場所をつくってくれます。わたしは、こんなに散らかっていて、狭く古く汚い家を見たのは初めてでした。玄関にも靴や空き瓶や壊れた傘などが散乱し、玄関と部屋の境目も分からないほどです。

アサコの弟たちは黙りこくって、突然現れたわたしを離れた場所から観察しています。みんなアサコと同じように小さく痩せていて、誰ひとり顔が似ていませんでした。

「ナホちゃん、水飲むか？　あんな、昨日までキミ兄ちゃんが買ってくれたコーラがあってんけど、ガクが倒してこぼしてもうて、いま水しかないねん」

　そうアサコに指を差された二番目に小さな男の子が、「ぎゃっ」と小さく叫んでベビーベッドの陰に隠れました。それに驚いたのか、ベビーベッドに寝ていた一番小さな男の子が「うぎゃあーっ」と獣のような声をあげて泣きはじめます。それを一番大きな男の子が、団扇《うちわ》で扇《あお》いで宥めました。

　ものの数秒で騒がしくなった部屋の中に舞い立つ埃と熱気に、わたしは気圧《けお》されたように玄関に立ち尽くしていました。台所には食べ終えたカップ麺の容器や食器が洗われずに放置されていて、大きな蠅が三匹、飛び交っています。床には古びたおもちゃや教科書、週刊誌、食べかけのお菓子や小さくなったクレヨン、鉛筆削りが転がり、それらと同じ物のようにして、アサコと三人の弟たちが部屋の中に置かれているのでした。

　アサコはコップに水を入れると、物が散乱したテーブルの隙間にそれを置いて、玄関に立ち尽くしているわたしを見あげました。

　なんとも言えない光景です。そこは太陽の光が一筋も入らない、穴ぐらのような、腐りかけの部屋でした。

「ウチ、ここで暮らしてるんや。ナホちゃん、いつでも遊びにきてな」

　アサコはその薄暗い部屋の中で、太陽のように笑います。それは真夏の太陽よりも強く、温かな光でした。

それからわたしはその湿っぽい部屋で、アサコが話すのを夕方になるまで聞いていました。話の内容は覚えていません。途中、一番下の弟がうんちをして、そのにおいばかりが記憶に残っているのです。

アサコが話しているあいだ、わたしは壁に貼ってある画用紙に描かれた絵を眺めていました。薄汚れた壁には、兄弟の誰かが描いたのであろう何枚かの絵が、無造作にセロハンテープで貼られています。ほとんどがなんの絵か分からなかったのですが、その中で一枚だけ、人間らしきものが描かれている絵がありました。それは全部で五人いて、大小様々な青色の人物が笑顔で横一列に並んでいます。きっと、この部屋に暮らす兄弟が描かれているのでしょう。決して上手《うま》いとは言えないのですが、その絵だけがこの乱雑な部屋の中で奇妙に浮きあがり、なぜかわたしはその絵から目を離すことができませんでした。

帰りがけに、アサコは台所にあった腐りかけのバナナを一本くれました。

日が暮れはじめた帰り道、アサコに道案内をしてもらいながらふたりで分け合って食べたそのバナナは、とても甘かった。

そのときに見た、アスファルトへ強烈に差し込む西日と、長く伸びたわたしとアサコのふたつの歪《いびつ》な影の形を、そのバナナの粘ついた食感とともに、わたしはいまも昨日のことのように覚えています。

それからわたしは、ほとんど毎日をアサコたちとともに過ごしました。

わたしはアサコに九九を教え、その代わりにアサコは近所にある雑草の生い茂った秘密の空き地を教えてくれました。そこはいろいろな種類の猫が出入りしていて、野良猫たちがひとつの集落みたいに集まって暮らしています。毎日、野良猫の仲間のひとりみたいな薄汚れたおじさんがやってきて、猫に餌と牛乳をやっていました。猫おじさんは、わたしたちが空き地にいても他の猫たちと同じように興味を示さず、野良猫みたいにのっそりと歩いて、空き地にいるあいだ中ずっと黙って、じっと猫を見ています。わたしたちはそこで教科書を広げ、ブロック塀でできた日陰に寝そべって、喉がカラカラに乾くまで勉強をしたり、お喋りをしました。

アサコは数日のうちに小学一年生と二年生で学ぶ分の漢字を覚えて、わたしはいままで食べたことのない駄菓子をたくさん食べました。アサコは勉強を教えてくれるお礼にと、問題を解くごとに駄菓子をくれたのです。アサコたち兄弟は料理をせず、また料理をしてくれる大人もいないので、お菓子が主食のようでした。アサコの一番お気に入りの駄菓子は、いちご味のグミが中に入ったグミチョコというチョコレート菓子です。わたしはそのお菓子を初めて食べたときから気に入って、いつもふたりで分け合って食べました。

勉強に飽きると、わたしとアサコはあてもなくぶらぶらと散歩をしました。空高く聳《そび》える高層マンションのベランダには、晴れた日にはいくつもの布団が干されています。風に揺れてはためく色とりどりの布団を、わたしたちは首を思いきり後ろに反らして、並んで下から見あげました。

「みんなの布団、ベロみたいやな」

アサコはそう言って、犬みたいにベロを出してみせます。

それから、近くの商店街にもよく行きました。なにを買うわけでもなく、ひしめくように掲げられた店の看板を、わたしとアサコでかわるがわるに読みあげながら歩くのです。

ことぶきや家具店。ファッションハウスエビスヤ。まちの自転車屋りりこ。す〜ちゃんのおかず屋さん。喫茶プラザ。パーマカーニバル。居酒屋ぶらぶら。カラオケピース。松《まっ》倉《くら》文具。アシロデンキ。ヒロオカ食品。ヘアーサロンアミーゴ。

アサコが読みあげるのは、ひらがなやカタカナの店名ばかりです。

商店街の真ん中にはいつも自転車がずらりと隙間なく停めてあって、スピーカーからは真夏だというのに、ハッピーニューイヤー、あけましておめでとう、と歌う曲が流れていました。

商店街を抜けて横断歩道を渡ると、そこから先は住宅街です。

コインランドリーの隣、『玉井《たまい》』という表札のかかった家の玄関先には、プラスチックでできたカラフルなおもちゃの風車がたくさんまわっていて、糸につるされた空き缶も、風が吹くたびにくるくるまわっていました。門扉の前にはいつも白いタンクトップを着たおじいさんが、黄色のビールケースをひっくり返した上に置物みたいに座っています。

玉井さんの家を右に曲がってしばらくまっすぐ歩いた先の角にある一軒家の庭に、白い犬がいました。顔の綺麗な犬で、わたしたちが柵から手を突っ込んで身体を撫でようとすると、犬は静かに立ち上がって距離を取り、わたしたちの手が触れないところに座って、すんっとした目でわたしたちを見ます。犬の名前はエールというそうで、玄関の門扉のところに『いつも白い犬をかわいがってくださるみなさまへ。この犬はエールといいます。エールは胃腸がよわいので、たべものをあげないでください。』と手書きで書かれた紙がクリアファイルに入れて貼ってありました。わたしたちは貼り紙を無視してグミチョコを手に持ち、「エールおいでー」「グミチョコやるでー」と誘いましたが、犬はわたしたちをすんっと見つめたまま、近寄ってきません。

そのうち、家の中から若いおばさんが出てきて、犬の毛をブラッシングしはじめました。ゆるやかに吹く風にふわふわと白い毛が漂って、おばさんは、

「エールの毛がぜぇんぶ千円札やったらええのにー」

と歌うように言いながら、ブラッシングをしています。

千円札でもなんでもない、ただの白い毛が風に乗ってふわふわ飛んでくると、アサコはそれを手のひらで摑んで、

「みて。三千円」

と、手のひらに乗った白い毛を三本見せて、うれしそうに笑いました。

アサコの弟たちとも、よく遊びました。一番下、四男のタイセイはまだオムツも取れずわがままで、構ってやらないと癇癪《かんしゃく》を起こして泣きだすので大変でしたが、レモン味の飴

が好きで、どんなに泣いていても口の中に飴を放り込みさえすればぴたりと泣きやみます。それが面白くて、わたしとアサコはタイセイを構わないでわざと泣かせて、レモン味の飴を放り込むという遊びをしていました。

三男のガクはやんちゃで乱暴者です。人に向かって物を投げたり、おもちゃを床に叩きつけたり、とにかく物を破壊することが好きなのです。わたしも、髪の毛をまとめるために使っていたバレッタをガクに壊されました。母のお下がりで貰《もら》ったもので、あまり気に入っていなかったので気にしなかったのですが、アサコはとても怒ってガクを叱りました。壊れたバレッタをわたしが捨てようとすると、アサコは器用にセロハンテープを貼り合わせて修復してくれました。けれどわたしはもういらなかったのでアサコにあげると、アサコはとても喜んで、肩よりも短い髪の毛を一生懸命まとめてバレッタで留めていました。短いのですぐに髪の毛が落ちてきてしまうのですが、それでもアサコは毎日そのバレッタを使い続けていました。

次男のハルトは大人しく、アサコの言うことをよく聞く良い子です。わたしにも懐いてくれて、一緒に買いものへ行ったり、勉強を教えてあげたりしました。ハルトは兄弟の中でダントツに頭が良かった。あるとき、本当は学校に通いたいのだと、こっそりわたしに教えてくれたことがあります。ハルトは絵も上手く、わたしの似顔絵を描いてプレゼントしてくれました。お礼を言うと、ハルトは照れくさそうに頬を染めてうつむいていました。

壁に貼られた五人の兄弟の絵は、タイセイが描いた絵だとハルトが教えてくれました。

わたしはどういうわけか、初めて見たときからその絵が妙に気になって、アサコたちの家へ遊びにいくたびに無意識に眺めていました。ハルトの描く絵の方がずっと上手いのに、なぜその絵がそんなにも気になるのか、自分でも不思議です。

アサコと三人の弟たちは、少し歳の離れた長男のことをよく慕っているようでした。人の言うことをまったく聞かないガクも、長男の言うことだけは聞くそうです。しかしその長男は、わたしが遊びにいく日中はいつもどこかへ出かけていて留守でした。

アサコたち兄弟の長男――そう、あなたのことです。

実は、あなたの名前を、わたしは正確には知りません。キミヒトだったか、キミチカだったか、キミノリだったか。アサコたちも、正確には覚えていなかったように思います。難しい漢字だったようで、アサコはあなたの名前を正しく書くことができませんでした。アサコたちはみんな、あなたのことをキミ兄ちゃんと呼び、自慢の兄のことをいつも得意げに話してくれました。

あなたと初めて会ったのは、アサコたちと出会って、しばらく経ってからのことです。いつものようにアサコたちの家へ遊びにいくとアサコはおらず、玄関の戸を開けたのはひょろりと背が高くて色白で金髪の、上下真っ黒なジャージを着た、やけに目つきの鋭い若い男でした。

わたしは突然知らない男が現れたことに驚いて、慌てて戸の前から飛びのきました。

「誰や」

男は寝起きなのか、掠《かす》れた声で唸るように言って、わたしを見ます。いえ、睨んだといったほうが正しいでしょう。男は目が悪いのか、不機嫌そうに細められた鋭い目に見据えられて、わたしは身が縮みました。

「あ、ナホちゃんや」

部屋の奥からハルトが走ってきました。男の長い脚のあいだを通ってわたしの前に現れると、ハルトは嬉しそうにわたしの手を握ります。

「ナホちゃん、算数、昨日の続き教えて」

「あんたがナホちゃんか」

男はわたしを頭の天辺から足の爪先まで観察するように、じっと見ます。

わたしは男がこわかったし、その視線がとても不快でした。まるで品定めをされているような、そんな冷めた印象を男から受けたのです。

「ナホちゃん、これ、キミ兄ちゃん」

わたしと男のあいだに立ったハルトが男を指差してそう言うので、わたしは驚きました。

この目つきの悪いヤンキー風の男が、みんなの自慢のキミ兄ちゃんだと言うのです。

想像とあまりにかけ離れたその風貌に、わたしはしばし言葉を失いました。アサコたちが度々、

「キミ兄ちゃんはかっこいいねん、イケメンやねん」

と自慢していたので、わたしは少女マンガに出てくるような爽やかな好青年を思い描い

ていたのです。確かに顔立ちは整っているのですが、それ以上に内面から湧き出る不穏なオーラが、あなたを「かっこいい」という形容詞から遠ざけていました。

あなたはジャージの裾から手を突っ込んで脇腹を掻《か》きながら、ハルトの頭をぺしんと叩いて、

「これってなんや」

とどやして、部屋の奥へ引っ込んでいきます。

ハルトは叩かれた頭をさすって、わたしに向かってへへへと笑って見せました。そして胸に抱えている教科書を見せて、

「わからんところがあるねん。ナホちゃん、教えてや」

と明るい声で言って、またへへへと笑います。

あなたは台所に立って、上のジャージを脱いで足もとに乱暴に落とすと、それを片足で踏みつけながらわたしに視線を向けました。やはり、心の奥がひやりとするような冷たい眼《め》です。

「こいつらに勉強なんか教えて、なんになるんや」

呟くように言われた言葉に、ハルトはうつむいて教科書を強く抱きかかえます。あなたは水道の水を勢いよく飲むと背を向けて、

「俺は寝る。静かにせえよ」

と言って、畳の万年床にごろりと寝転びました。

裾のほつれた白いTシャツが、汗で濡れてあなたの背中にぴとりと張りついています。部屋からは、いつもは感じない泥と汗の混じったようなにおいがしました。それは若い男が放つようなにおいではなく、なぜか五十を過ぎた男から漂うようなにおいがするのです。足をこちらに向けて寝転んでいるせいで、あなたが履いているボロボロの靴下が目に入りました。もとは白かったはずの穴の開いた薄汚れた靴下を見ていると、わたしはなぜかその靴下をいますぐ脱がせて、真っ白になるまで石鹸《せっけん》で擦《こす》ってやりたくなりました。

それから一分と経たないうちに、あなたは軽やかないびきを立てはじめました。その音だけは成長期の青年らしく健康的ないびきの音だったので、なぜかわたしはほっとしました。

四畳間と八畳間のあいだには襖《ふすま》があったのですが、数日前にガクが体当たりをして壊してしまったので、部屋を仕切るものはなにもありません。わたしは背後から聞こえてくるいびきに耳をそばだてながら、声を潜め、ハルトに勉強を教えました。タイセイは珍しくひとりで大人しく遊んでいて、ガクはベビーベッドの下で仰向けになってすやすやと眠っています。ハルトはすでに五年生の問題を解いていて、わたしもまだ習っていないところを質問されたので、教えてあげるのに一時間もかかってしまいました。

そのあいだにアサコが買いものから帰ってきて、わたしたちが勉強しているのを見ると、隣に座って国語の教科書を広げて読みはじめました。

広い　海の　どこかに、小さな　魚の　きょうだいたちが、
たのしく　くらして　いた。
みんな　赤いのに、一ぴきだけは、からす貝よりも　まっくろ。
およぐのは、だれよりも　はやかった。
名前は　スイミー。

アサコが読んでいたのは、小学二年生の国語の教科書でした。
わたしはその物語をなんとなく覚えていて、つたない言葉で読み続けるアサコの声を、どこか懐かしく思いながら聞いていていました。

ある　日、おそろしい　まぐろが、おなかを　すかせて
すごい　はやさで　ミサイルみたいに　つっこんで　きた。
一口で、まぐろは、小さな　赤い　魚たちを、
一ぴき　のこらず　のみこんだ。
にげたのは　スイミーだけ。

そのうちに起きて退屈したガクが、どこかで拾ってきたプラスチック製の銃のおもちゃを持って、

「ババババ！」

と叫びながら、部屋の中を駆けまわりはじめました。その途中、タイセイがガラクタを使って積み木遊びをしていたのを蹴飛ばして破壊し、タイセイはしばらく呆然《ぼうぜん》としたあと、激しい癇癪を起こして泣きだしました。ガクはそれにもおかまいなしで、台所の流し台によじのぼり、空の牛乳パックや空き缶に身を潜めながら、

「ババババババ！」

とやり続けるのです。

そんな中、ハルトは自分の指を使ってぶつぶつと呟きながら算数の問題を解き、アサコは国語の教科書を読み続けています。

スイミーは　およいだ、くらい　海の　そこを。
こわかった。さびしかった。とても　かなしかった。

「うるせえ！」

突然起きあがったあなたは、大声で怒鳴りました。

途端にガクは流し台から飛び降りてプラスチックの銃をその辺に投げ捨て、重ねられた敷布団の中へ逃げました。アサコは黙って教科書を閉じ、ハルトも静かに鉛筆を置きます。タイセイだけが、その大声に驚いてさらに大きな声で泣きわめいていました。

「うるさくて寝られんわ。お前ら全員外でてこい」

あなたはそう言うと、また背を向けて寝転びました。

アサコは泣き叫ぶタイセイを抱きあげ、ハルトは広げた教科書をまとめて、ガクは床に転がっていたチョコバーをポケットに突っ込んで、ぞろぞろと玄関へ向かいます。わたしも慌てて荷物をまとめて、あとに続きました。

わたしたちが靴を履いて部屋を出て行くころには、あなたはまた軽やかないびきをかきはじめています。

「いつも、ああやって追いだされるの？」

みんなで河川敷を歩きながら、わたしはアサコに訊きました。

タイセイはまだぐずぐずとべそをかいていましたが、アサコに背中をポンポンと叩いてもらううちに、次第に静かになっていきます。ガクがチョコバーを振りまわしながら走りだし、教科書を抱えたハルトがそれを追いかけます。

「キミ兄ちゃんな、土日のあいだは夜から仕事に行くんよ。やからそれまでは、寝させてあげなあかんねん」

「あの人、働いてるの？」

「知り合いのおっちゃんのところで、仕事しよる。車の部品とか、そういうもんをつくる工場なんやって。平日も、土日も、働いとるよ」

「あの人、何歳？」

「じゅうろく。ほんまはまだじゅうごやけど」

アサコはにこっと笑って言いました。

わたしは黙って、アサコたちの歩くあとをとぼとぼとついていきます。アサコが読んでいた教科書の続きがどうしても思いだせなくて、わたしはほとんど波の立っていない川面を見ながら、ぼんやりと古い記憶の中を漂っていました。そうして、わたしはこれまで、なにひとつ不自由なく生きてきたのだと思い知らされました。それはとても恵まれたことだけれど、わたしは生きてきたのではなく、周りに生かされてきただけなのだと気づきました。苦労することなく、自分で選択することなく、周りに言われたとおりに生かされていただけです。わたしはアサコたちのように生きたことがない。まだ生まれてすらいない存在なのだと思いました。

顔をあげると、まだ昼だというのに、空には白い月が浮かんでいます。走りまわるガクを、ようやくハルトが捕まえました。捕まってもなお暴れるガクに、ハルトの持っていた教科書が放られて、数冊の教科書は緩やかな風に乗り、空中で風にページをぱらぱらと捲《めく》られながら、ゆっくりと川へ落ちていきます。アサコも、ハルトもガクも立ち止まって、その様子を見ていました。

ぼちゃん、ぼちゃん、と音を鳴らして、緩やかに流れていた川に飛沫が立ちます。数冊の教科書は濁った水の中に潜って一度姿を消し、再び水面にあがってきました。ゆらゆらと揺れる波に身を任せ、教科書たちは流されるでもなく岸に追いやられるでもなく、ただ水面に浮いています。小学二年生、小学五年生、と大きく書かれた表紙の文字が水に濡れて、歪んで見えました。誰も、なにも、喋りませんでした。ただゆらゆらと揺れる水面に浮かんだ教科書を、静かに並んで見ていました。

陽は天辺を越えて下りはじめ、ときどき凪《な》いだような風が、わたしたちのあいだを通り過ぎてゆきます。

そのとき、わたしはアサコたち兄弟の一員になったような、不思議と心細い気分になりました。

「なあ、ナホちゃん」

不意にアサコが言いました。

そのときアサコは、水面に揺れる教科書を見ていたと思います。わたしたちは横一列に並んで、みんな同じところを見ていました。

「アサコとナホちゃんは、ずっと友達やんな」

わたしは、それにすぐには答えられませんでした。あまりにも唐突だったし、あまりにもアサコの声がちっぽけだったからです。

黙っていると、アサコの汗ばんだ小さな手が、そっとわたしの手に触れました。わたしはそれを振り払うことも、握り返してあげることもできずに、ただじりじりと焼け焦げるように時間が刻まれていくのを感じていました。アサコはおそるおそる、わたしの存在を確かめるように、短い指を一本一本絡め取って、わたしの手をさらに強く握ります。

アサコの幼く細い指が触れた場所が、小さな熱を持って、わたしの身体中を駆け巡っていくような感覚がしました。それはまるで、わたしたちが生きている証《あかし》のような、生命の根源にある、小さく、しかし強く燻る炎のようです。

わたしは細く長く息を吸い込み、そして生ぬるい息を吐きながら言いました。

「うん、ずっと、友達だよ」

かつてこれほどまでに、誰かと強く繋がったという実感を持てたことがあったでしょうか。

わたしはこのときのことが、いまも鮮明に心に残って、忘れられないのです。

# 三

父と兄が大阪の家にやってきたのは、お盆がはじまって二日目の午後でした。

お盆の初日、ついに母の所在が分かったのです。母は、友人夫妻が経営している滋賀の旅館で世話になり、そこを手伝いながら住まわせてもらっていたそうです。ひとまず事件や事故とは無縁であったことが分かり、父はほっとしたと言いながらも、

「あの警察官の言っていた通りで、なんだか悔しいなあ」

と、呑気《のんき》に笑っていました。

父と兄ですぐに滋賀の旅館へ迎えに行ったそうですが、母は頑なに会おうとせず、仕方なく二人はその足で大阪までやってきたのです。

兄は驚くほど日に焼けていて、全身がこんがりとした小麦色になっていました。紫外線を浴びすぎたせいか、真っ黒な肌にぽつぽつと白く丸い斑《まだら》模様のような出来物ができていて気味が悪かったです。けれど兄はそんなことはおかまいなしで、高校でのサッカー部の活動が楽しくて仕方がないらしく、秋の大会に向けてレギュラー争奪戦の真っ最中なのだ

くんだけらしく、小野寺《おのでら》くんは中学生のときに都大会で準優勝した経験があるそうです。と意気揚々と話していました。一年生でレギュラー争奪戦に混ざっているのは兄と小野寺

とにかく兄も父も明るく楽しそうで、わたしは拍子抜けしました。突然男ふたりの生活になって、家事も料理もできずにほとほと困り果てているだろうといい気味に思っていたのですが、話を聞きつけた近所に住む佐野《さの》さんという世話好きのおばさんがほとんど毎日のように家へ来ては、ご飯をつくってくれたりゴミ出しの日を教えてくれたり、庭の草木の世話をしてくれていたそうです。佐野さんは去年三人兄弟の末息子が結婚して家を出て以来すこんとやる気が抜けて虚脱感に襲われていたらしく、父と兄の世話をするのが格好の暇つぶしになったのでしょう。父と兄はそんな佐野さんのおせっかいにつきまとわれて、不便だとか寂しいだとか感じる隙もなく、日常のうっとうしさに追いかけられた充実した日々を過ごしていたのでした。

「奈保子、宿題もう全部終わったのか。偉いなあ」

「俺、まだ半分も終わってないや」

「雄輔《ゆうすけ》は部活頑張ってたからな。宿題、父さんが手伝ってやるぞ」

祖父の家の縁側で、扇風機の風を浴びながら西瓜《すいか》を食らい、すっかりくつろいでいるふたりの姿に、わたしは猛烈に違和感を覚えました。ここは父と兄の家ではない、祖父の家で、いまここに暮らしているのは祖父とわたしなのだと、わたしは猛烈に表明したくなりました。いつの間にか親密さを深めている父と兄に、嫉妬を覚えたのかもしれません。

わたしのいないところでわたしのいたはずの世界は滞りなくまわっていて、アサコたちと過ごしたこの数日間のほうが偽物だと言われているような気がして、無性に悔しかったのです。東京での暮らしと、大阪の家での暮らし、どちらが本物なのかと、そんなことを考えました。おかしいですね、どちらも間違いなくわたしの人生なのに。それでもわたしは、東京での暮らしと、大阪の家で過ごした数日間は、間違えようもなく別物だと思うのです。

翌日、わたしは父と兄にアサコたちを紹介することになりました。毎日こんな田舎でなにをしていたんだと兄にからかわれ、わたしは友達ができたのだと、その子とその弟たちと毎日遊んでいるのだと、喧嘩口調で言い返しました。そんな子がいるならぜひ紹介して欲しいと父が言うので、わたしはアサコの家へ父と兄を案内したのです。

わたしは、わたしの大阪での暮らしをふたりに教えたかった。末っ子のわたしが、年下の子に勉強を教えるところを、走りまわる子を注意するところを、まだオムツを穿くような幼い子が泣きわめくのを宥めるところを見せて、父と兄にわたしの成長を知って欲しかったのです。

父と兄を連れて、いつものようにアサコたちのアパートの部屋の戸を開けると、ちょうどガクがカップラーメンを倒して、その汁が手にかかったハルトが悲鳴をあげ、その声に驚いたタイセイが轟《とどろ》くような声で泣きだし、あなたが、

「なにしとんねん！」

と怒鳴り声をあげたところでした。

アサコは湯を沸かしたやかんを両手で持って、わたわたと狭い台所をいったりきたりしています。

「やあやあ、こんにちは」

そんな混然とした中に、呑気な口調で父が声をかけました。

みんなは驚いたように顔をあげて父を見て、その後ろにいる兄を見て、そしてわたしを見ました。嬉しそうでも怒っているようでもなく、みんな同じ、しんとした表情をわたしたちに向けています。

「奈保子の父です。いつも奈保子がお世話になってるそうで」

父は大人に対してやるような馬鹿丁寧な挨拶をして頭を下げます。つられるようにして形ばかりに頭を下げた兄が、にやにやとした視線を寄越《よこ》してきましたが、わたしは無視しました。

「これから昼飯を食べにいくんですが、みなさんもよかったら一緒にどうですか。奈保子が世話になったお礼に、なんでもご馳走しますよ」

ご馳走という言葉に、ガクが「ぎゃっ」と声をあげました。

「にくにくにく、おれ、にく食いたい」

そう言ってガクは、まだやかんを持ったままのアサコの足にまとわりつきます。ハルトはうつむいて、カップラーメンの熱い汁がかかった右手の甲を足もとに落ちていたタオルで拭いていています。泣き続けているタイセイに視線をやったまま、あなたが言いました。

「この辺、工場しかないんで、食いもの屋ないですよ。自転車走らせんと、スーパーも、コンビニもないし」

このときわたしは気がついたのですが、あなたと兄は同い年なのでした。

兄はにやにやした顔のまま、荒れた部屋の中をものめずらしげに見渡したり、パサついて傷んでいるあなたの金髪を蔑んだような目で見ています。

「それなら、車出しますよ。どうせなら、梅田あたりか、心斎橋《しんさいばし》のほうにでもいきますか。せっかくだから、お好み焼きか、串カツでも食べたいなあ。おいしいお店、知っていたら案内してください」

父が馬鹿丁寧な言葉を使うたびに、場は妙に白けていきました。

兄は明らかにアサコたちを面白がってにやにやしているし、わたしはいつあなたが怒って怒鳴りだすかと、冷や冷やしていました。まさかこの時間帯にあなたがいるとは思っていなかったのです。

あなたの顔を見ることができなくてうつむいたわたしは、サンダルを突っかけた自分の足に、綺麗に紐《ひも》のところで日焼けの跡がついていることに気がつきました。アサコたちと遊ぶようになってから毎日このサンダルを履いていたので、その日焼けの跡がアサコたちと遊んできた勲章のように思えて、嬉しかった。

けれどそんなわたしの喜びとは裏腹に、アサコは湯気の立つやかんを握りしめたまま、不安そうな顔で窺《うかが》うようにあなたを見ていました。そのアサコの足もとで、ガクが相変わらず「にくにくにく！」とわめいています。

「新世界に、うまい串カツ屋がありますよ」

そう言ってあなたは玄関まで出てきて、わたしたちの前に立ちました。

驚いたことに、あなたは笑っていました。それは恐ろしいほどに美しい微笑みでした。燦々と降り注ぐ太陽の光があなたの金色の髪に反射して、そこだけ色を失ったように眩《まばゆ》い透明になって光っています。綺麗な微笑みがつくられたあなたのこめかみを、透明の汗が一滴、音もなく伝っていくのが見えました。

「やったーっ！」

絶叫するガクに、タイセイが泣きやんで、にこにこと笑いはじめます。ハルトはそっとタオルを外して、火傷《やけど》の具合を見ているようです。そんな中でアサコだけが、いつまでもやかんを持ったまま立ち尽くし、困ったような顔であなたを見ていました。

そのアサコの様子が気になりながらも、わたしは初めて見たあなたの微笑みにほとんど心を奪われていました。

笑っているはずなのにそこには優しさも温《ぬく》もりも微塵《みじん》もなく、氷でできた彫刻のような完璧な美しさだけがあったのです。あんなに冷たく綺麗に笑う人を、わたしはあなた以外に知りません。

あなたが案内してくれた串カツ屋はその日、定休日でした。

仕方なく、わたしたちは隣にあるボロい定食屋に入ってご飯を食べたのですが、そこが酷くまずかった。つき出しのホウレン草のお浸しは味がせず水っぽいばかりで、わたしの頼んだとんかつ定食は衣がべとりと油を重く吸い込み、おまけに温《ぬる》く、肉は噛《か》みきれないほどに固くて、なかなか飲み込むことができませんでした。

アサコたちはみんなチキンライスを頼んでおり、どうやらそれがこの店で一番まともな味らしいのです。タイセイはアサコとハルトから少しずつ分けてもらっていました。からあげ定食を頼んだ兄も、レバニラ定食を頼んだ父も、半分ほど食べたところで箸を止めてしまいます。

食事の最中、話しているのは父ひとりでした。兄はあまりのまずさにオエッと吐くような真似をしてみせたり、アサコたちのだらしない箸の持ち方を見て鼻で笑ったり、ガクが裸足でいるのを見てにやにやしたりしていました。父はわたしたちの東京での暮らしぶりを話し、わたしが一週間で夏休みの宿題をすべて終えたことや母親が家出中だということを、おもしろおかしく話していました。

誰も父の話に笑わず、アサコたちはひたすら皿を見つめてチキンライスを咀嚼し、米粒ひとつ残さないことに命を懸けているようです。カウンターの上に置かれたテレビからは甲子園の中継が小さな音量で流れ、埃をかぶった扇風機がカラカラと乾いた音を鳴らしてまわっています。祖父と大して年齢の変わらないように見える店主は、カウンターの席に座りうちわを扇ぎながら口をぽかんと開けてテレビを見ていました。

奥の席に中年の男二人組の客がいて、なにも食べずに一本の瓶ビールを分け合って小さなコップに注いで飲みながら、なにかぼそぼそと話しています。

「そやかて、淋《さび》しすぎるやろ、人を傷つけるなんて……」

こちらに背を向けて座っている男は、泣いているのか、声を震わせながら低くしわがれた声でそんなことを言っています。

「もう、誰からも見放されてもうて……」

男が涙声でそうつぶやいたとき、テレビの中継が騒がしくなり、それきり男の声は聞こえなくなりました。誰かがホームランを打ったようで、画面の中では観客席に並んだチアガールたちが赤いミニスカートを揺らしながら足を蹴りあげています。

わたしはご飯を残したらあなたの思うつぼだという気がして、えずきそうになる胃の中に無理やりとんかつを詰め込みました。確かに値段は一律五百円と安いのですが、悲しくなるくらいまずくて、どうしたらこんなものを金を取って人に食べさせようと思えるのだろうと、わたしは店主が憎らしかった。冷め切った場の空気に気づかず、いつまでも白々しい会話を続ける父の能天気さも憎く、なにより、おそらくわざとわたしたちをこの店に連れてきたあなたの底意地の悪さが、ぞっとするほど気味悪く感じたのです。

奥の席に座った二人の中年の男はうつむいたままビールを飲み、それきりなにも喋りませんでした。

父と兄はそれから三日間、祖父の家に滞在し、東京へ帰っていきました。

父はわたしも一緒に連れて帰ろうとしたのですが、わたしは夏休みの最終日まで大阪に残ると言い張りました。まだ東京へ帰るわけにはいかないと、そのときわたしは思ったのです。まだ東京に帰りたくない、ではなく、帰るわけにはいかない、と思ったのは、自分でも不思議でした。父は困った様子でしたが、わたしの強情ぶりに音をあげたようです。

帰る直前、兄は縁側に座っていたわたしの隣に腰を下ろすと、密《ひそ》やかな声で言いました。

「おまえ、もうあいつらと遊ぶのはやめとけよ」

「あいつらって？　アサコちゃんたちのこと？」

「あの兄弟、ここら辺ですげえ評判悪いって、隣ん家《ち》の久保《くぼ》のおばちゃんが言ってたぞ。ビンボーで、しょっちゅう万引きとかするって。手クセの悪い野良犬だってさ」

「万引き？　アサコちゃんたちが？」

「おまえもその仲間だと思われるぞ。俺いやだからな、妹が万引き犯なんてさ」

そう言うと、兄はさっと立ちあがって玄関へと歩いていきます。兄はこんがりと焼けた小麦色の肌から、健全で精力的なにおいを放っていました。成長期真っ盛りの男の子の、まだまだ幼いにおいです。あなたの発しているにおいとはまったく違っていて、わたしはそのどちらのにおいも嫌いだと思いました。

その日の夕方、父と兄が帰っていくのをわたしは縁側から見送りました。父は笑顔で、わたしに向かって子どものように大きく手を振って歩いて行きます。わたしと離れるのにちっとも寂しそうでも心配そうでもないので、わたしはそっぽを向いていました。

わたしがそっぽを向いているうちに父と兄は遠ざかっていき、やがてその姿はすっかり見えなくなりました。誰もいなくなり静まり返った午後の縁側で、ヒグラシの鳴く声だけが響いています。そのとき、わたしはもう彼らとは違う世界にいるのだと感じました。

わたしにとってそのとき、アサコたちが最も近しい存在だったのです。


それからも毎日、わたしはアサコたちと遊びました。

アサコは二年生の国語の教科書を川に落としてしまったので、仕方なく三年生の国語の教科書を読みはじめたのですが、読めない漢字が多いのか話に興味がわかないのか、その教科書をすぐに隅へ追いやって二年生の理科の教科書を読みはじめました。わたしは結局スイミーがあのあとどうなったのか、未だに思い出せないままです。

ある日、わたしとアサコとハルトで勉強していると、ガクがわたしの膝の上に頭をのせてきました。ショートパンツを穿いたむきだしの太腿《ふともも》にガクの汗ばんだ頭がのしかかり、短く刈った髪がチクチクと触ってこそばゆかった。

「ガッちゃん、重いよ。やめて」

わたしがそう言ってもガクは聞く気がないようで、飴玉でもしゃぶっているのか口の中でカラカラと音を立てながら、なにか舐《な》めています。

「なに舐めてるの？」

ガクはお腹がすくと、すぐにそこらへんに転がっているものをなんでも口の中へ放って舐めてしまいます。

「食べもの以外は口に入れちゃいけないんだよ」

とわたしが注意しても、

「勝手に口に入っててん」

と、聞く耳を持ちません。

ガクの口もとに手をやって、舐めているものを吐きださせると、それは米つぶのように小さな乳歯でした。わたしは驚いて、思わずそれを放りました。ガクの乳歯は点々と床に白い影を残しながら、アサコの足もとへ転がっていきます。アサコは床に転がったそれを拾いあげて、窓から僅かに注ぐ太陽の光に透かして見ました。白く濁ったガクの乳歯は、ツヤツヤと輝いていました。

抜けたのは下の乳歯だったので、わたしたちはみんなで部屋を出て、ガクの乳歯を投げるのにちょうどいい屋根のある家を探しました。アサコたちの住むアパートの周りは工場ばかりなので、わたしたちは川沿いを歩き、商店街を抜け、住宅街まで歩いていきました。しばらく歩いた先にある、庭に白い犬のエールがいる家がちょうどいい平屋の一軒家だったので、その家の屋根に投げることに決めました。

ガクは小さな乳歯を握りしめ、大きく振りかぶってエイッと屋根に向かって投げます。しかし乳歯は屋根まで届かず家の塀に当たって、すぐに跳ね返ってきました。それは一度ガクの額に当たって点々と地面を転がり、そのまま排水溝の暗闇の中へ吸い込まれるように消えていきます。

「あーあ」

ガクは地べたに這いつくばると、排水溝の蓋《ふた》の網目から中をのぞき込んで、もう一度、今度は大きな声で、

「あーあ！」

と叫びました。排水溝の中で、ガクの声が反響します。

それからガクは、排水溝の蓋の細い網目の中に小さな指を入れて、落ちた乳歯を取りだそうとしました。けれどすぐに諦めて立ちあがると、庭から一部始終を静かな目で眺めていた白い犬のエールに向かって再度、

「あーあ！」

と叫んで、駆けだしていきます。

わたしたちはエールに手を振って、ガクのあとを追いかけました。道ばたで見るガクの後ろ姿は、アパートの部屋で見るよりも随分と小さく見えます。

わたしは一生懸命走っていって、ガクをつかまえました。ガクは「ぎゃーっ！」と大きく口を開けて叫ぶと、わたしの腕を振りほどいて、再び走っていきます。走りながら振り返り、にいーっと口を横に大きく広げて笑ってみせたガクの歯抜けの笑顔は、アパートの壁に貼られているタイセイが描いた絵と、よく似ていました。

その日の帰り道、みんなで河川敷を歩いていると、アサコが不意に、

「ナホちゃんは、お父さんと顔がよお似とるね」

と、言いました。

わたしの父と兄が東京へ帰ってから、しばらく経っていました。

「お兄さんともよお似とった」

「そうかな」

「ナホちゃんのお父さんとお母さんも、顔似とる？」

「似てないよ。だってお父さんとお母さんは、血、繋がってないもん」

アサコは川べりへ下りていって、小さな土管の形をしたコンクリートの上を、とんとんと軽い足取りで渡っていきます。

「肉屋のおばちゃんに聞いてん。ずっと一緒におったら、血が繋がってへんでも、似てきよるって。やから肉屋のおばちゃん、おっちゃんと顔そっくりやねん。犬も猫も、飼ってるうちに、飼い主に似てきよるって」

わたしはアサコのあとについていくのがこわくて、石段の上に佇《たたず》んだまま、離れていくアサコに向かって声を張りあげました。

「そんなの嘘だよ。うちのお父さんとお母さん、全然似てないもん」

「そうなん？　ずっと一緒におるのに？」

「いまは一緒じゃないけど……」

わたしは小さく言い淀《よど》みましたが、アサコには聞こえなかったようです。

「ウチはな、みんな、血いが繋がってないんや」

アサコはひょいひょいと土管の上を進みながら言いました。丘の上で、タイセイを抱いたハルトが、走りまわるガクのあとを追いかけています。

「いまのオカンは、タイセイのオカン。ほかの誰とも血は繋がっとらん」

「……ふうん」

「ほんでもな、おとという、肉屋のおばちゃんに言われてん。タイセイの目はアサコの目によう似とるって。血は繋がっとらんでも、ずっと一緒におれば似てくるんや」

アサコはそう言って、得意そうな顔をして笑います。

わたしは、タイセイのようなわがままで癇癪持ちの子と似ていると言われて嬉しそうなアサコが不思議でした。それに、血が繋がっていないのなら本当の兄弟ではないのに、どうしてアサコはタイセイやガクの世話を一生懸命みているのだろうと思いました。あなただって、本当はまだ十五歳なのに十六歳だと嘘をついてまで、血の繋がらない歳の離れたアサコたちのために、休みなく働いてみんなを養っているのです。

「ナホちゃんは、将来なにになりたい？」

水面のすぐ近くに立つアサコが、振り返って聞きました。いつの間にかアサコは、川に突き出た石の上に立っていました。裸足の爪先を川に入れ、それを蹴りあげて空中に水を跳ねさせています。

「危ないよ、アサコちゃん」

「ウチはな、おっきい家に住むのが夢やねん。キミ兄ちゃんと、ハルトとガクとタイセイと一緒に、でっかい一戸建ての家に住むねん。そこは広い庭もあって、大きな犬も飼う。エールよりも大きい、白いフワフワの犬な。そんで、ウチは毎日みんなにおいしいご飯をつくったって、お風呂も毎日沸かしたって、みんなのお母ちゃんになるんや」

　色の濁った川に、アサコの細く骨ばった白い脚が跳ねるようにぶつかって、小さく波が立ちます。アサコの小さな身体は、強い風が吹いたらそのまま川へ落とされてしまいそうなのに、わたしは立ち尽くしたまま動くことができません。

「それがアサコの夢や。それだけでいい、ほかになんもいらん。アサコはオトンもオカンもいらんよ。アサコがみんなのお母ちゃんになってあげるんや」

　バレッタからこぼれたアサコの黒く艶のあるおくれ毛が、生ぬるい風になびいています。アサコが同い年だということが、やっぱりわたしには信じられませんでした。アサコには小学二年生程度の勉強の知識しかありません。それでも、小学校では到底学ぶことのできないようなことを、すでに多く知っているのです。

　アサコの向こう、少し離れた河川敷で、若い男が筋トレなのかなにかのダンスなのか、変な踊りを繰り返しています。そのすぐそばで、セーラー服を着た茶髪の高校生くらいの女の子が、しゃがみ込んで煙草を吸っていました。

「なあ、ナホちゃんの夢は？」

振り返って、アサコが聞きます。

強い風が吹いて、長く伸びた前髪がアサコの顔を覆いました。それでもアサコは揺るがずに二本の脚をすっと伸ばし、まっすぐに立っています。その姿が、アサコを実際の身長よりもずっと大きく見せるのでした。

「なれるよ、アサコちゃんなら」

わたしは質問には答えずに、そう言いました。

アサコは少し驚いた顔をしたあと、照れくさそうににこっと笑います。わたしはアサコのその笑い方が好きでした。

「ありがとう」

アサコは細い脚を伸ばして、川の水を思い切り蹴りあげます。飛び散った水飛沫が太陽の光を反射させてキラキラと宙を舞い、空中に霧散しました。

丘の上から、ガクたちの笑い声が聞こえてきます。アサコはそちらに顔を向けると弾けたように笑って、大きく手を振りました。ハルトもガクもタイセイも、みんな笑ってアサコに手を振っています。

三人の笑顔は、アサコの笑顔ととてもよく似ていました。

それからわたしたちはアパートへ戻り、わたしとアサコは、スーパーへ買いものへ行くことにしました。

毎月二十日はトイレットペーパーやタイセイのオムツ、シャンプーや石鹸などの日用品を買う日です。アサコは毎月買いものに行く日を決めていて、計算の得意なハルトが家計簿に記録をつけているのです。買いもの係はアサコで、わたしはときどきそれを手伝っていたのですが、ガクやタイセイが一緒に行きたがっても、アサコは絶対にふたりを連れていこうとしません。

その日もガクが、

「おれもいくー、ぜえったいいいくー！」

と騒ぎだしたのですが、アサコはガクを無視していました。

次第にガクの声は大きくなり、部屋の中のものを蹴り飛ばしながら駆けまわり、案の定タイセイがその騒がしさに癇癪を起こして泣きだし、いつもの騒然とした騒がしさが訪れました。

わたしは何度経験してもガクとタイセイの騒がしさに慣れず、そのうるささに毎回新鮮に腹が立ちます。

わたしはうんざりして、

「いいじゃん、ガッちゃんもタイセイも連れて行こうよ。みんなで行ったほうが荷物だって軽くなるよ」

「でも、ガクとタイセイは買いものに連れて行ったらアカンってキミ兄ちゃんから言われてんねん」

「なんで？」

「なんでって……」

アサコはそう言って、口ごもります。わたしはアサコのその態度にもなぜか苛立って、駆けまわるガクを捕まえて玄関まで連れて行きました。

「ガッちゃんはわたしが面倒見るから。タイセイはハルトが面倒見れるでしょ？　ほら、みんなで行こうよ」

わたしが言うとガクは、

「やったーっ！」

と唾を飛ばして叫んで、わたしはその騒がしさにまたうんざりします。アサコはなおも不安そうにしていたのですが、結局はガクの騒がしさに折れて、ハルトもタイセイも一緒にみんなで買いものへ行くことになりました。

アサコたちのアパートからスーパーまでは自転車で十分ほどですが、歩くと三十分近くかかります。わたしたちは手を繋いで、真夏の太陽が照りつけるアスファルトの上を、横一列に並んで歩きました。地面は目玉焼きが焼けそうなほど熱いのに、ガクは裸足で平気そうにすたすたと歩いています。タイセイは暑さですぐにぐずりだし、わたしとアサコとハルトで交代して抱きあげながら歩きました。

途中、家の塀の上で白い猫が半目の白目でひっくり返っていました。

「死んでんのん？」

「知らん」

心配そうに言うハルトに、アサコが答えます。猫がひっくり返っているすぐそばに、『猫にえさをあげないでください。近隣住民が迷惑しています。』という貼り紙がしてありました。じっと見ていると、猫はわずかに呼吸をしているようです。アサコたちはしばらくその猫を観察したあと、すぐに興味をうしなったように再び歩きだしました。あの猫はそのうちひからびる、とわたしは思いました。

ようやく到着した二階建てスーパーに、ガクがいの一番に駆け込んでいきます。ガクはガンガンに冷やされたスーパーの冷気を浴びると、

「あー、生きかえるわー」

と床に仰向けに寝転びました。

「だめだよガッちゃん、起きなさい」

わたしはすぐに注意してガクを起こしましたが、入り口の近くにいた若い店員がそれを目ざとく見つけ、あからさまに嫌な顔をしてわたしたちを見ています。若い店員はわたしたちから視線を逸らさないまま、別の店員になにかこそこそと話していました。アサコは素早くカゴを持ち、まっすぐトイレットペーパーの棚へ向かって歩きだします。わたしはガクの手を引っ張り、慌ててあとを追いかけました。ハルトはタイセイを抱いて歩いたのが堪《こた》えたのか疲れ切っていて、入り口のそばの段差に腰かけて休んでいます。

アサコは真剣な表情ですべての商品の値段を見比べ、一番安いものを選んでカゴに入れていきます。わたしはガクが勝手にどこかへ行ってしまわないように、服の裾を摑んでいたのですが、妙に店員たちがわたしたちの周りをうろついていることが気になりました。どうやら、わたしたちを監視しているようなのです。アサコはそれに気づいているのか、とにかく早く買いものを終わらせようとして、どこか泣きそうな顔をしながら必死に値札を読みあげています。

「ねえ、なんでみんなこっち見てるの？」

わたしはガクにこっそり訊きました。ガクはなぜか「うきゃーっ」とサルの真似をしながら、

「知らんー」

と、答えます。

「ガッちゃんがなんか悪さしたんじゃないの」

意地悪くわたしが言うと、ガクは「ぎゃっ」と叫びました。図星だったときの、ガクの口癖です。わたしはガクを捕まえて、一緒にしゃがみ込んで声を潜めて訊きました。

「なにしたの？」

「あんなー、おかしのたなになー、おかしがいっぱいあったからなー、食べた」

「お金はらってないのに？」

「おれだけちゃうでー。タイセイも食べたもん」

「お店のもの、勝手に食べたらだめなんだよ。売りものなんだから」

「知ってるー。キミ兄ちゃんに怒られた。せやからもう勝手に食わへんもーん」

ガクはそう言って、にひひひひと笑います。

「キミ兄ちゃんなー、おれらがどろぼうにならへんように、いっぱいお金かせいでくれるんやってー。それでおれらはおかしいっぱい買うてもらえんねん。せやからおいら、もうかってに食べへんでー」

そう言うとガクは立ちあがり、飛行機の真似をしながらすたたたたーっと走りだしました。大きなカゴを持って洗剤の棚と睨めっこをしているアサコはそれに気づいていません。

わたしは慌ててガクのあとを追いました。ガクはすばしこく棚の隙間を走りまわって、わたしの制止をまるで聞こうとしません。そのまま食品コーナーまで飛びだしたガクは、勢いあまって生野菜の棚に激突し、棚に小高く積まれたトマトがぼとぼとと床に落下しました。トマトは床にぶつかるとその真っ赤な身を破裂させて、どろりと潰れた赤い液体が血飛沫のように辺りに飛び散ります。近くにいた主婦が悲鳴をあげて、ガクは激突させた頭を押さえてふらふらとよろけたあと、トマトの海の中へ倒れ込みました。

「なにやっとんやー！」

わたしたちを監視していた店員たちが、怒号をあげながらすぐさま駆け寄ってきます。彼らは怒っていながらも、まるで罠《わな》にかかった獲物を捕まえるような笑みを含んでいました。わたしはガクを助け起こそうとして、少し離れた場所でまた別の騒ぎが起こっていることに気がつきました。あの耳を劈《つんざ》くようなタイセイの泣き声が聞こえてきたのです。

わたしのそばにいた店員のひとりが舌打ちし、吐き捨てるように言いました。

「ほんまにこの野良犬兄弟、店立ち入り禁止にしたほうがええんちゃうか」

もうひとつの人垣の中に、口もとをチョコレートで汚しながら声を張りあげて泣いているタイセイの姿が見えました。その隣に、店員に膝をついて謝っているハルトの姿があります。

ふと顔をあげると、『お買い得!!』と真っ赤な文字で書かれたオムツのパックを抱えたアサコが、感情を失った顔でわたしを見ていました。いつも太陽のように笑うアサコが、すっからかんの顔をしているのです。わたしはアサコを見つめ返しながら、なにも言うことができませんでした。不必要なまでに冷房の入った氷点下を思わせる肌寒いスーパーの店内で、わたしは全身に鳥肌が立っているのを感じました。店員の怒号やタイセイの泣きわめく声をどこか遠くに聞きながら、わたしはただ黙ってアサコを見つめ、トマトのむせ返るような酸味のにおいの中で溺れていたように思います。

警察に通報するという店員たちにアサコとハルトが謝り倒し、ガクが駄目にしたトマトの代金とタイセイが勝手に食べたお菓子の代金を支払い、二度とこの店には来ないという約束をして、わたしたちはようやく店から解放されました。アサコは買いものをしたあとだったのでお金が足りず、ガクとタイセイの弁償金はわたしのお小遣いで払いました。

「ナホちゃん、ごめんな」

帰り道、アサコがぽつりと言いました。

「お金、ぜったい返す。アサコが働いて、ナホちゃんのお金返すから」

わたしは首を横に振りました。ガクたちを連れて行こうと言ったわたしが悪いのです。アサコはこうなることを分かっていて、頑なにガクたちを連れて行くのを拒んだのでしょう。わたしは反省していました。わたしのせいで、アサコたちはもう二度とあのスーパーで買いものをすることができなくなってしまったのです。

「ぼくも、ごめんなさい。タイセイのこと、目え離してもうて……」

ハルトが泣きながらわたしに謝ります。

「タイセイのぶんのお金は、ぼくが返す。だからナホちゃん、ぼくらのこと嫌いにならんとって。またいっしょにあそんでな」

腕で顔を覆い泣きながら言うハルトに、わたしはたまらなくなりました。わたしは自分の裕福が恨めしかった。それまで自分をお金持ちだと思ったことはありませんでしたが、アサコたちに比べれば、わたしは圧倒的に裕福でした。スーパーで払ったお金はわたしが稼いだお金ではないのに、アサコたちは自分で働いて返すというのです。わたしは惨めでした。アサコたちと一緒にいると、自分が酷くちっぽけで嫌な人間に思えて、たまらなく惨めになるのです。

わたしたちは黙り込んで、来た道と同じアスファルトの上を黙々と歩きました。ガクとタイセイだけが変わらず元気で騒がしく、Tシャツにトマトの赤い染みをべっとりとつけたガクは、反省などまったくしていない様子で駆けまわり、転んではわめき、そしてまた走りだします。

　天辺にあったはずの太陽はいつの間にか傾き、空も道も木も蝉も電柱も家々もわたしもアサコたちも、強烈な西日に染まっていました。世界が橙のクレヨンに塗り潰されたように、わたしたちはみんな同じ色の中にいます。夕暮れに滲んだアスファルトに、身長よりも長く伸びた影が揺らめきながらどこまでもわたしたちのあとをついてきました。太陽が沈みはじめるのと同時に、暗い色をした雲が空を覆います。蝉の声が途切れがちになり、どこからともなく雨のにおいが立ち込めました。わたしはアサコたちのアパートまで荷物を運ぶと、挨拶もそこそこに、そのまま走って家へ帰りました。

　玄関へ辿り着いた瞬間ざあっと夕立が地面を打ち、わたしは急いで洗濯ものを取り込みに縁側へと走りました。大阪へ来て初めて迎える夏の雨は容赦がなく、わたしの沈んだ心を打ち砕くようにどこまでも乱暴に降り続けます。

　夜になっても雨は止まず、風呂からあがって縁側でぼんやりと雨の音を聞いていると、玄関のチャイムが鳴りました。祖父はすでに眠っていたのでわたしが玄関にでると、そこに傘を差したあなたが立っていたのです。

　わたしは驚きのあまり、言葉を失ってあなたを見ました。

　大きなビニール傘を差しているのにあなたの髪は濡れていて、本物の野良犬のようです。あなたは相変わらず目つきの鋭い視線をわたしに向けると、ずいと片手を差しだしました。

無言で差しだされたそれをおそるおそる受け取ると、それは強く握りしめられてくしゃくしゃになった数枚の千円札と、生ぬるい小銭でした。

「アサコから聞いた。スーパーのこと」

あなたはうつむき気味に言うと、濡れた髪の毛を乱暴に掻きまわして、

「迷惑かけたみたいで悪かったな」

と、呟くように言います。わたしは首を横に振り、受け取ったお金を突き返しました。

「いらない」

「は？」

「わたしが悪いから。アサコちゃんは、ガッちゃんたちをスーパーに連れて行ったらダメって言った。でもわたしが勝手に連れて行ったの。わたしが悪いの」

「悪いのはガクとタイセイやろ。おまえもアサコも悪くない」

わたしはなおも首を振り、お金を押し返しました。

濡れたTシャツ越しにあなたの体温に触れて、わたしはなぜかドキドキしました。雨に濡れているのにあなたの身体は熱く、内側から燃えているようです。その体温にずっと触れていたいと、わたしは場違いにもそんなことを考えていました。

しかしあなたはわたしの手を乱暴に振り払うと、

「おまえ、金持ちぶんなや。こんな小さい金はいらんってか？」

と、苛立った声をあげます。

わたしはむっとして、あなたを睨みました。しかしあなたの鋭い視線に睨み返されると、わたしは恐ろしくてすぐに目を逸らしてしまいます。

「小さかろうが金は金や。俺はおまえなんかに貸しつくりたくないんや」

そう言ってあなたはわたしを押しのけると、家の廊下に向かってお金を投げつけました。小銭が大きな音を立てて四方へ散らばり、廊下の隅へ転がっていきます。

「それからおまえ、もうアサコたちにあんまりかまうな。勉強教えたり、東京の話されたりすんの、迷惑なんや。俺らにはそんなもん必要ない。あいつらに、下手な夢見させんでくれ」

あなたはそう言い捨てると顔を背け、さっさと玄関を出て行こうとします。激しい雨がぼつぼつとあなたのビニール傘を重く叩く音がして、わたしはたまらなく悔しくて悲しくて、その後ろ姿に向かって思わず叫びました。

「アサコちゃんたちのほうがずっといいじゃん!」

あなたは立ち止まり、振り返りました。怪訝《けげん》そうな顔をしてわたしを見ます。あなたと目が合うと、わたしは自分の中のなにもかもを見透かされているような気がして、泣きたくなりました。わたしが汚く嫌な人間だと、あなただけはなぜか最初から知っていたように思うのです。

「東京なんてなんにもないよ。お金があったって、ほんとうに欲しいものはひとつも手に入らないもん。わたしはアサコちゃんがうらやましい。アサコちゃんみたいな人になりたい」


あなたは雨に打たれながらじっとわたしを見て、そして唸るような声で、

「馬鹿にしとんのか」

と睨みつけました。

わたしは「ちがう……」と呟いて、けれどうまく説明することができず、悔しくて涙がこぼれました。あなたは黙ってわたしを見ています。

「わたしはアサコちゃんたちと一緒にいたい。こっちに知ってる人誰もいなくて寂しくて、だからアサコちゃんたちが遊んでくれてうれしかった。アサコちゃんはわたしなんかよりずっとすごいよ。勉強とかお金とかそういうことじゃなくて、もっといいものをいっぱい持ってる。だからわたしはアサコちゃんが好きだし、アサコちゃんがうらやましい」

懸命に言いながら、わたしはもどかしかった。わたしの頭の中や胸のうちをあますことなく伝えるには、あまりにも言葉が足りません。それでもあなたから視線を逸らさず懸命に見つめていると、その目から静かに敵意が消えていくのが分かりました。

わたしは黙り、首《こうべ》を垂れてあなたの汚れたスニーカーを見ました。もとの色が何色か分からない、雨で泥の跳ねたその履きつぶしたスニーカーに、わたしはあなたの人生を見た気がしました。ほとんど毎日休みなく働き続ける、わたしの兄と同い年の男の子。兄は朝から晩まで部活や遊びに明け暮れ、好き嫌いをしてご飯を残し、風呂に入って汗と汚れを洗い流し、真っ白なシーツに覆われたふかふかのベッドで眠るのです。そしてそれは、

わたしも同じでした。わたしはアサコたちと本当に分かり合うことはできない。あなたの苦労を理解することはできない。血が繋がっていないのは同じなのに、わたしは決して、あなたたちの兄弟にはなれないのです。

不意に雨の音が和らぎ、遠くで蛙《かえる》の鳴き声が聞こえたとき、ふわりとわたしの頭になにかが触れました。驚いて顔をあげると、それはあなたの手でした。思っていたよりも細く、華奢《きゃしゃ》な手のひらでした。あなたはぽんとわたしの頭を一度だけ撫でると、そのままなにも言わずにふいと玄関を出ていきます。そしてあなたは雨の降りしきる夜の闇の中へと一瞬で溶け込み、姿を消しました。

あまりに一瞬だったあなたの手のひらの温もりを確かめるように、わたしはそっと自分の頭に自分の手のひらをのせてみました。そうすると、あなたと手を触れ合わせたような気がしました。あなたの余韻を失いたくなくて、自分の手のひらを頭の上にのせたまま、しばらくその場から動くことができませんでした。

そうしてわたしは、玄関の戸を開け放したまま、真っ暗な空から容赦なく降り注ぐ雨の音を、いつまでも聞いていました。

翌日からも、わたしはアサコたちのアパートへ行きました。スーパーの帰り道に感じた気まずさはすぐに消えて、またいつもの騒々しいざわめきの中で、変わらずにアサコたちと勉強をしたり、みんなで河川敷へ行って遊んだりしました。

毎日アサコたちのアパートへ行っても、あなたは日中仕事へ出ているので、会うことはほとんどありません。それでもときどき出くわすと、話しかけてくることこそなくても、睨みつけてくることはなくなりました。

「ナホちゃんはなー、タイセイの面倒みてくれるしガクのこと怒ってくれるし、ハルトとアサコに勉強教えてくれるんやで」

ある日、偶然あなたが部屋にいるときに、アサコが得意そうに言いました。

「ナホちゃんはみんなのおねえちゃんやー」

そう言ってハルトがわたしに抱きつきます。

それまでうつむいてカップ麺を啜《すす》っていたあなたは、顔をあげてわたしを見ました。敵意はなくても、やはり鋭い目です。野良犬のような目。こわかったけれど、わたしは怯《ひる》まずにその強い視線を真正面から受け止めて、目を逸らしませんでした。あなたはしばらくじっとわたしを見たあと、また視線を落としてカップ麺をずずずっと啜ります。

「そうやな」

スープを口に流し込みながら、あなたはなんでもないように言いました。

「おまえら、最近みんなよう似てきとるわ」

その言葉が、わたしはとんでもなく嬉しかった。

ある日、わたしとアサコは買いものへ行った帰りに寄り道をして、商店街を抜け、住宅街を抜け、いつもは通らない国道を越えて、空き地の広がる場所へ出ました。

人気のない空き地の真ん中に白い星形のフェンスで囲われた砂場があり、けれどほかに遊具は見あたらず、遊びにくる子どももいないようです。わたしとアサコは、肩ほどまである高さのフェンスをよじのぼって砂場に入り、なにをするでもなく仰向けに寝転がって空を見ました。

晴れていましたが雲の多い日で、夕暮れになるにつれて、空は一面ピンク色の雲で覆われていきます。

アサコはピンクの空を指さして、

「アサコな、小学校は行ってへんけど、幼稚園には通っててん。ピンクのウサギの形したフェンスが入り口でな、一階が幼稚園で、二階から上は団地やねん。アサコと、アサコの本当のオトンとオカンと三人で、三階の三〇二号室に住んでてん」

と、言いました。

「そうなんだ」

わたしは相槌を打って、アサコの話の続きを待ちました。けれどいつまで待ってもそれきりアサコは喋らないので、

「それで?」

と訊くと、

「それだけ」

と言って、アサコはわたしに向かってにこっと笑います。

わたしは仰向けに寝転がったまま、両手で砂をつかんで、それをサラサラと自分のお腹の上にのせました。昔、はるか昔、こうして砂の上に寝転んで、自分のお腹に砂をかけた記憶が遠くよみがえります。

それは砂場ではなく、海でした。まだわたしが幼稚園に通っていたころ、夏休みに家族で大阪へ遊びにきて、とみ子と祖父と連れだってみんなで海水浴場へ遊びに行ったのです。祖父母の家から車で一時間ほど走った先にあるときめきビーチは、お盆休みということもあり殺人的に混んでいました。とみ子と母は早々にいがみ合いをはじめ、父は我関せずと缶ビールを飲み、祖父はビーチパラソルの下で新聞を読み、兄は浮き輪を膨らませると、ひとりでとっとと海へ走っていきました。

わたしは兄を追いかけて海まで走って、けれど想像以上に海の水が冷たくて、すぐに海からあがりました。波がぎりぎり届かない砂浜に座って、浮き輪をつけて海に浮いている兄を眺めながら、ぺとりと濡れて肌に張りついた水玉模様の水着の上に、砂をサラサラとのせました。そのうちにわたしは砂をのせることに夢中になって、まず右足を砂で埋め、それから左足を埋めて、お腹を埋めて、と砂に埋もれていって、ふと顔をあげると、海に兄の姿はありませんでした。どこかへ流されてしまったのかと辺りを見わたしましたが、あまりの人の多さに、そこから兄を見つけだすことは不可能のように思えました。わたしは振り返って、母たちがいるパラソルを探しました。けれど同じ模様のパラソルは無数に砂浜に点在し、似たような家族連ればかりが並ぶ中から自分の家族を探しだすこともまた、到底不可能のように思えます。

わたしは砂を払って立ちあがり、けれどそこから一歩も足を踏みだすことができずに、ただひとりで突っ立っていました。それからどれほどの時間が経ったのか、おそらく数分にも満たない時間だったはずですが、そのころのわたしにとっては三年ほどの月日が経ったかと思われるほどの長い時間が過ぎ、指先が氷のように冷たくなったころ、ひょろりとした男がまっすぐに自分へ向かって歩いてくるのが見えました。逆光で顔がよく見えず、迷いなく向かってくる男が目の前に立ったとき、わたしは恐怖で叫び声をあげようとしてそれが祖父だということに気がつきました。

祖父はわたしの前に立つと、じっとわたしを見て、

「奈保ちゃん」

と、わたしの名前を呼びました。

祖父はそれ以上なにも言わずにくるりと背を向けると、再びまっすぐに歩きだします。わたしは慌てて、祖父のあとを追いました。祖父は手を繋いでくれるでもなく、子どものわたしからしたら随分と早足で歩いていきます。それでもときどき、ちゃんとわたしがついてきているか確認するように立ち止まって振り返り、わたしと目が合うと小さく頷いて再び歩きだします。そうして祖父のあとをついていくと、すでにビーチパラソルをたたみ、帰り支度を済ませたわたしの家族がいました。両親はわたしがいなくなっていたことに気

づいてもいない様子で喧嘩をしていて、バスタオルに包まれた兄はとみ子にかき氷を買ってもらっていました。

思えば、祖父に名前を呼ばれたのはそのときが最後だったように思います。

「幼稚園のころ、大阪の海で迷子になって、おじいちゃんが探しにきてくれた」

わたしはお腹の上にのせた砂を払って起きあがると、そう呟くように言いました。

「ふうん。それで？」

寝転んだままのアサコが、不思議そうにわたしを見あげて言います。わたしもアサコを見返して、にっと笑いました。

「それだけ」

それからわたしたちは、近くにある空き家となった団地に忍びこみました。

どの部屋も鍵が掛かっていなくて、ひとつひとつの部屋を見てまわると、畳がはがされ窓ガラスが抜けて吹きさらしになっている部屋もあれば、カーテンが掛かったまま荷物が散乱し、食器の入った棚が置きっぱなしになっている部屋もあります。

空き家になってからまだ日が経っていないのか、部屋の中には生活の気配が残り、廃墟とは思えないほど綺麗な団地でした。部屋も広く、アサコたちが暮らしているアパートの一室よりも陽あたりが良くて、開放的に見えます。五階建ての団地で、五階の部屋からは大阪の町を分断する大きな川と、いつもアサコたちと遊ぶ河川敷、そしてその先へ続く海まで見渡せました。

空に浮かぶピンクの雲を割って、西日が強烈に部屋とわたしたちを橙に染めあげていきます。

「ここ、もう誰も住まないのかな」

わたしが言うと、アサコはうなずき、

「もう、誰も帰ってこおへんねん」

と、静かな声でつぶやきました。

そのアサコの横顔がぞっとするほど寂しくて、わたしは思わず、

「じゃあ、わたしたちがここに住もうよ」

と言いました。

言いながら、それはとてもいいアイディアのように思えました。アサコたちが暮らしているアパートよりも、この団地のほうがずっと綺麗で、広いのです。部屋の数もたくさんあって、ひとりひと部屋ずつ使うことだってできます。

わたしとアサコは外廊下に出て、一番端の部屋から、ここはタイセイ、こっちはガク、この部屋はハルト、と部屋を決めていきました。

「ここがアサコで、ここがキミ兄ちゃん。そんで、ここはナホちゃんな」

アサコは、アサコの部屋の隣、あなたの部屋の向かいにある部屋を指さして、わたしににこっと笑いました。

西日が溢れるその部屋で、そこに暮らすわたしたちの姿は、現実よりも濃く強く、そこ

に在るもののように浮かびあがりました。二歳のタイセイは小学生になり、小学校高学年になったガクと一緒に登校します。中学生になったハルトは学校で優秀な成績を収めて、高校生になったアサコとわたしは相変わらず仲良しで、一緒に買いものをして帰り、みんなの夕飯をつくります。そのうち会社勤めのあなたが帰ってきて、みんなでひとつの部屋に集まり、騒がしく笑い、ときには喧嘩をしながら、仲良く一緒に夕飯を食べるのです。

そんなまぼろしのような日々が、この荒廃した空き家の団地の部屋の中に、くっきりと浮かびあがりました。わたしたちは誰ひとりとして血が繋がらず、けれど本物の家族よりも強固なかたまりとして、暮らしてゆくのです。

わたしとアサコは、西日に溢れたその部屋で、窓の抜けた吹きさらしの窓辺に立って、川へ落ちていく夕陽を眺めました。

アサコは隣からわたしを見あげて、

「ナホちゃんの横顔、きれいやね。鼻のかたちがきれい」

と、言いました。

わたしはアサコを見ることができず、黙って夕陽を見ていました。なにか喋ろうとすれば、泣いてしまう気がしました。


ある日、いつものようにアサコたちと河川敷で遊んでいると、夕暮れどきになって仕事を終えたあなたが、みんなを迎えにきました。

わたしとアサコは川べりの土管の上で遊んでいたのですが、あなたを見つけるやいなやアサコはスカートが捲れるのも気にせずに、土管の上を器用に走って、丘をよじのぼっていきます。ガクがいち早くあなたに飛びつき、タイセイを抱いたハルトが懸命にあなたに走り寄ります。そこに丘へ駆けあがってきたアサコが加わり、ガクを引きずり下ろそうと左足を引っ張りはじめました。みんなの賑《にぎ》やかな笑い声に、夕方のチャイムが圧《お》しかかるようにゆっくりと重なります。いつの間にか橙に滲んだ太陽が、その色を川面にべっとりと色づけながら、アサコたち兄弟を包んでいました。

わたしは彼らの笑い声を聞きながら、一歩、川べりの小さな土管に足を伸ばしました。アサコがぴょんぴょんと軽やかに走っていった土管です。そこを渡って丘をよじのぼり、わたしもみんなの輪に加わりたかった。一歩踏みだし、二歩目に窪《くぼ》んだ土管に足をかけた途端、わたしは足を滑らせて派手に転びました。土管の突きでた部分で強《した た》かに尻を打ち、骨と石のぶつかる感触がしました。声がでないほどの痛みです。あまりの痛みにわたしは涙目になりながら、アサコたちのほうを見ました。しかし、彼らは誰ひとりとしてわたしを見ていません。わたしが転んだことに誰も気づかず、わたしがいることすらみんな忘れてしまっているようです。

アサコに引きずり下ろされたガクが、奇声をあげて走りだし、なにもない道でばたんと転びました。あなたは笑いながらガクを助け起こし、立ちあがったガクはアサコに抱きついて「ぎゃーっ」と泣き叫びます。その声に驚いたタイセイが、「うぎゃあっ」と続いて泣きだしました。ハルトがそれを笑いながら宥め、アサコはガクを抱きあげて、あなたはタイセイとガクの頭をぽんぽんと撫でています。あの思ったよりも細く華奢な、それでいて燃えるように熱い手のひらで。わたしは自分の右手をそっと頭の上にのせてみました。柔らかく丸々とした、わたしの手のひら。熱くも冷たくもなく、あなたとはなにもかもが違う手のひらでした。

いつの間にか夕方のチャイムは鳴り止んでいます。ガクとタイセイの泣き声に焼きつけられたように、太陽はその身をさらに赤く焦がしていました。空一面に赤と青が混じって紫に染まり、山々のあいだへ墜落していく太陽が、断末魔の叫びをあげるようにその身を千切れさせながらも、濃い西日となってわたしに降り注ぎます。わたしは血飛沫を浴びるようにその赤に容赦なく照らされ、それからゆっくりと立ちあがり、そして思いました。やはりわたしはひとりなのだと。

川の向こう、山々のあいだに猛スピードで太陽が落ちてゆくのをわたしは見ていました。笑い声と泣き声を点々と残しながら、アサコたちはわたしを置いてどんどん遠ざかっていきます。わたしはひとりでした。圧倒的にひとりなのです。どれだけ願っても、祈っても、わたしを受け入れ当たり前にそばにいてくれる存在も居場所も、どこにもないのでした。

わたしは消えてしまいたかった。太陽が落ちれば跡形もなく消え去ってしまう影のように、消えたことにすら誰も気づくことのない影のように、あの赤く吠える太陽とともに、この身を完全に消滅させてしまいたかった。

神様、とわたしはなんの感慨もなく呟きました。けれどわたしの吐きだすぬるい息は誰に伝わることもなく、暮れてゆく空気に霧散して赤い夕陽の中へと消えました。


その夜、わたしはズキズキと痛む臀部《でんぶ》になかなか寝つくことができず、真っ暗な客間の布団に仰向けになりながら、暗闇を見つめていました。風呂場で鏡越しに確認したときに見た、右の尻にできた青色のクレヨンで塗ったような大きな痣《あざ》が脳裏に浮かび、わたしはアサコたちの部屋の壁に飾られている絵を思い出しました。アサコたちの部屋へ遊びに行くたびに無意識に眺めていた、五人の兄弟の絵。わたしは不意に、あの絵の中に自分の姿を描き足したくてたまらなくなりました。あの絵の中にわたしの姿が加われば、わたしはあの兄弟の一員になれるのではないか。そう思いつくと、いても立ってもいられなくなりました。いますぐ、誰にも気づかれないうちに、最初から当たり前にそこにいたように、あの絵の中にわたしの姿を描き足さなければ。わたしは布団を剥ぎ、起きあがりました。痣のある右尻に体重がかかると、思わず呻《うめ》き声があがるほどに痛かった。それでも痛みを我慢して立ちあがると、そっと客間を出ました。

廊下はすべて電気が消えており、遠く玄関の頼りない豆電球だけが、真っ暗な視界の中で存在を示しています。わたしは隣の祖父の部屋に耳をそばだてて、祖父が寝入っていることを確認してから、息をひそめ足音を忍ばせて玄関へ向かいました。裸足でサンダルを突っかけて、そっと玄関の戸を開けます。外へ出ると、鈴虫の鳴く声がわっと耳に入ってきました。生ぬるい夜風を浴びながら、わたしは開けたときと同じようにゆっくりと戸を閉めると、鍵は閉めないまま門を出ます。

月も星もよく見える夜でした。辺りには街灯もなく、工場の明かりも消えて、夜空には驚くほどの星々がその身を輝かせ、存在を主張しています。大阪に来て、星空を見るのは初めてでした。東京で見る星よりもくっきりと大きく、あまりにもよく見えすぎるので、綺麗というよりグロテスクだと思いました。星々の中で、月はぼんやり丸く浮いています。

昔、夜に家族で車に乗っていたとき、窓から夜空に黄色いまんまるの月が見えました。車は高速を走っていて、猛スピードでどんどん移動しているのに、月はどこまでもついてきます。

「ねえ、月が追いかけてくるよ」

車の窓に張りついて月を見あげながら言うわたしに、助手席に乗った母は、

「そうよ。奈保子が悪いことしないか、見張ってるのよ」

と、言いました。

そう言われるとわたしは、爛々《らんらん》と輝く黄色の丸がこわくなりました。どこまでもついてくる月がおそろしかった。ただ家へ帰っているだけのはずなのに、そのとき、わたしたち家族は猛スピードで車を走らせ、月から逃げているようでした。

いま大阪の空に浮いている月も、やはりわたしを見張っているように感じます。わたしは振り返って、祖父の家を見ました。門の閉じられた家はしんと静まり返って、中にあるはずの祖父の存在も、頼りない玄関の豆電球の明かりも、すべてが暗闇に飲み込まれてしまったようです。前を向き、夜道に一歩足を踏みだしたとき、わたしはとりかえしのつかないことをしてしまったと思いました。もう二度とこの家には帰ってこられないような、そんな予感がしたのです。

一歩先の道すら覚束《おぼつか》ない視界の先に、黒々とした闇がひたすらに続いています。わたしは片手で壁に手をつきながら慎重に足を進めました。心臓が耳の横に移動したのかと思うほど鼓動の音が煩《うるさ》く、いつもの半分のスピードで歩いているにもかかわらず、歩きはじめてすぐに呼吸が乱れます。夜の道は驚くほどに静かでこわかった。いまにも暗闇から見知らぬ男がぬっと現れるような、あるいは人間ではないなにかが辺りを蠢《うごめ》いているような、そんな途方もなくおそろしい予感がして、こわくてこわくてたまらないのです。わたしは何度も後ろを振り返り、暗闇に目を凝らして、震える足を一歩一歩、前へ進めました。

なぜこんな真夜中にアサコたちの家へ行こうとしているのか、わたしはすでに分からなくなっていました。歩けば歩くほど、動悸《どうき》が激しくなっていきます。いますぐ走って引き返し、客間の布団に潜り込んでふかふかの布団の中で朝がくるのを待ちたいと、何度も足を止めそうになりました。それでもわたしは、足を前に進め続けました。なんとしても、わたしはアサコたちの家へ行かなければなりません。あの五人の兄弟の絵の中にわたしの絵を描き足さなければ。そうしなければ、わたしはいつまでもひとりなのです。このまま夜の闇に呑まれて人知れず消えてしまうことと、これからの日々をずっとひとりで過ごすのと、それは大差ないことのように思いました。いまアサコたちの家へ行くことだけが、わたしをひとりから救いだしてくれるのです。

それからどれほどの時間が経ったでしょう。永遠にも感じられた夜道の行路の果てに、わたしはようやく見慣れた建物を見つけました。アサコたちの住むアパートです。夜闇に紛れた古くみすぼらしいその姿はどこからどう見ても不気味なはずなのに、そのアパートを見た途端、わたしは心の底からほっとしました。アサコたちの部屋の戸の前に立つと、全身を覆っていた小刻みな震えからすっと解放されて、わたしは奇妙な冷静さを取り戻していました。その日は土曜日で、あなたは仕事に行っている時間だったので、部屋にいるのはアサコとハルト、ガクにタイセイの四人だけです。わたしはアサコたちが部屋の鍵をポストの中へ入れていることを知っていました。

すでに、夜中の二時をまわっていたでしょうか。アパートには明かりも音もなく、蟬や他の虫たちの声も聞こえない、奇妙に静かな夜です。わたしはポストから鍵を取りだし、アサコたちの部屋へ入りました。和室でアサコとハルトが並んで寝ていて、ベビーベッドでタイセイが、その下にガクが寝ています。みんなが寝ているのを確認すると、わたしは壁に貼られた絵を探しました。タイセイが描いた五人の兄弟の絵はいつも、壁の真ん中の位置に貼られています。わたしは毎日のようにこの部屋を訪れその絵を眺めていたので、間違えるはずがありません。

しかし、なぜかその場所にあの絵はありませんでした。

ここに貼られていたはずだという場所だけがぽっかりと空き、薄汚い壁がむき出しになっています。わたしは焦りました。壁の端から端まで、貼り巡らされた絵を一枚一枚確認しましたが、あの絵はどこにもないのです。重なった絵の下に紛れ込んでいるのではないかと思い、けれど、セロハンテープで貼られた絵を一枚ずつ剥がしていきました。しかし、すべての絵を剥がし終えても、あの絵は見つかりません。わたしは床を這いつくばって、おもちゃや教科書やお菓子で埋もれた床を掻き分け、絵を探しました。けれど、あの五人の兄弟の絵はどこにもありません。忽然と消えてしまったのです。

わたしは座り込み、アサコたちを見ました。アサコもハルトもガクもタイセイも、わたしが入ってきたときと同じ姿勢のまま、静かに寝息を立てています。誰もわたしの存在に気づくことなく、わたしのいない夢の世界にいるようです。わたしは立ちあがり、足音を忍ばせてベビーベッドへ近づきました。タイセイはむにゃむにゃとなにかを喋りながら、健やかに眠っています。わたしはそっと、タイセイの背の下に自分の手を滑り込ませました。小さな身体は皮膚がむっとするほど温かく、じんわりと汗ばんでいます。もう片方の手をタイセイの小さな頭に添えて、ゆっくりと抱き起こしました。わたしは不思議に冷静で、心臓の音も聞こえず呼吸も乱れず、慎重に時間をかけてタイセイを眠ったまま抱き起こすことができました。眠っているタイセイはぐったりと重力を増量させていて、いつもより何倍も重たく感じます。

なんとかタイセイを腕の中に抱き込むと、わたしはその下で眠っているガクの背中を足の爪先で押して起こしました。ガクは「ううーん」と唸り声をあげ、それから重たそうに瞼《まぶた》を開けます。

「なに……」

部屋の中は真っ暗だったので、ガクはわたしが誰か分からないようでした。

「キミ兄ちゃん？」

布団の上で、ガクは虫のようにうねうねと身体をくねらせながら唸るように言います。わたしの足を思い切り摑んできたので、わたしはそれを乱暴に蹴って、振り払いました。ガクの柔らかな手はべっとりと汗ばんでいて、全身に小さく鳥肌が立ちます。

「ちがうよ。奈保子だよ」

「ナホちゃあん？　なにしとん……」

寝起きのガクの声は酷く掠れていて、小さかった。振り返ってアサコとハルトの様子を確認すると、ふたりともこちらに背を向けて、深く寝入っているようです。

わたしは声を潜めて言いました。

「ガッちゃんにだけ、宝物見せてあげる。おいで」

「タカラモノ？　タカラモノってなに？」

「すっごくいいもの。行かない？　行かないならいいよ、ガッちゃんには見せてあげない。

わたしのとっておきの秘密だから」

そう言ってわたしが出ていく素振りを見せると、ガクは慌てて起きあがり、

「いくいくいくいく！」

と叫びました。

幸い、寝起きの掠れた声だったのでアサコたちは目を覚ましませんでしたが、わたしの心臓は飛びあがり、

「しいーっ！　ガッちゃん、しいーっだよ！」

と小声で叱りました。

ガクはわたしの焦りなど気にも留めずに、顔の半分ほどまで大きく口を開けて欠伸《あくび》をしています。わたしはため息を吐《つ》き、もう一度アサコたちが寝入っているのを確認してから、来たときと同じように忍び足で玄関へ向かいました。ガクは目を擦りながらあとをついてきます。

わたしは声を落とし、

「アサコちゃんとハルトくんには内緒だよ。ガッちゃんにだけ、特別に見せてあげるんだからね」

そう言うと、ガクはわざとらしく忍び足をして、「しいーっ」と口もとで人差し指を立てて笑います。タイセイを抱いたわたしに続いてガクも外に出ると、音を立てないようにそっと玄関の戸を閉めて鍵をかけて鍵を郵便ポストの中へ元あったとおりに戻しました。

「なんでタイセイも連れていくん？」

道を歩きはじめると、ガクはわたしの足もとにまとわりつきながら不服そうに言います。

「タイセイは連れて行くだけ。ガッちゃん、起こしちゃだめだよ。タイセイが起きたら、ガッちゃん独り占めできなくなっちゃうよ」

真剣な表情でわたしが言うと、ガクは真面目な顔をして、こくこくと二回頷きます。なにが独り占めなのか、タカラモノとはいったいなんなのか、分かりもしないくせに、ガクはとても嬉しそうでした。もちろんわたしにもそれがなにか分かりません。よくこんなにもスラスラと嘘をつけるものだと、わたしは自分のことながら不気味に思いました。

わたしはタイセイを起こさないようにゆっくりと歩き、ガクは暗闇がこわいのかわたしの足もとにぴたりと寄り添って、珍しく静かに歩いています。タイセイとガクが一緒でもやはり深夜の景色は昼間とまったく違い、そこに流れる空気も風も違います。どこからか寒い風に、皮膚がぴりぴりと逆立つ気配がしました。町のにおいもいつもと違う気がして、異世界に迷い込んだような気分になります。空は薄《うつす》らと雲に覆われ、星々は淡く姿を濁していました。月だけが雲の隙間から爛々と輝き、先ほどよりもよく見えます。満月に近い形をしていて、けれど決して満月ではない歯がゆい月です。

ガクは月を見あげ、

「うさぎさんがおるー」

と、短い腕を月に向かって懸命に伸ばしていました。

しばらく歩くと、いつも遊んでいる河川敷へと辿り着きました。小高い丘をのぼりふと後ろを振り返ってみると、いつもは真っ暗で死んだように眠っている工場が、爛々《らんらん》と光を灯していて、わたしはぎょっとしました。蛍光灯の黄色い明かりが窓という窓から溢れ出して、人や機械の影が動いているのが遠目にも見えます。ガクはその工場の光を見ると、ほっとしたように笑って、わたしのショートパンツの裾を摑んで得意げに光のかたまりのひとつを指さします。

「あっこで、キミ兄ちゃん働いとるんやでー」

爛々と光を灯す大きな工場は、一匹の巨大な怪物のように見えました。夜の闇に紛れて密やかに恐ろしいことを企《たくら》んでいるような、とてつもなく危険なものを製造しているような、そんな気がしたのです。わたしは工場に背を向けると、真っ暗闇に沈んでいる川べりへ一歩一歩、下っていきました。

「なあー、どこいくんー？」

ガクは川へ向かうのがこわいのか、わたしのショートパンツの裾を摑んでいた手を放し、立ち止まって大声で言います。

「川おっこちるでー。ナホちゃんー」

わたしはガクを無視して、健やかに眠るタイセイを抱いたまま、ゆっくりと川べりへ向かいました。丘を下るにつれて工場の光は届かなくなり、足もとは真っ暗でなにも見えません。わたしは転ばないように足場を確認しながら、一歩一歩慎重に下りていきました。

そして小さな土管が連なるところで足を止めて、振り返ります。

「おれもう帰るー。なあ、帰るでー」

ガクはこわがってついてきません。丘の上で工場の光を背に浴びながら、ガクはぽつんとひとりで立っていました。ガクはまだほんの小さな子どもで、その姿はとても頼りなかった。後ろの巨大な怪物がいまにもガクを飲み込んでしまいそうなのに、ガクはそこから動こうとしません。

「ガッちゃん、こっちにおいで。宝物見せてあげるよ」

「いややー。夜は川へ行ったらアカンって、キミ兄ちゃんに言われてるんやー」

「大丈夫だよ。おいでよ」

「いーやーやあー！」

癇癪を起こしたガクが、丘の上でどたどたと足踏みをしながらわめきはじめます。川のにおいがツンと鼻をついて、それまでとはまた違った冷たい風が、剝きだしの肌を突き刺しました。川のそばは気温がぐっと下がって、秋のように湿った重たい空気が流れていました。わたしは土管のひとつに足をかけました。滑って転倒したときに打った尻が、体重をかけるとズキズキと痛みます。わたしは今度こそ転ばないように、慎重に一歩一歩、川へ向かって歩を進めました。

「なあー、帰ろうやあー。帰ろうナホちゃんー。タイセイ返してやあー！」

とうとうガクが泣きだしました。

その声に反応したのか、なにかを察知したのか、それまでわたしの腕の中ですやすやと眠っていたタイセイが、そのときぱちりと目を覚ましました。そしてわたしの顔をじっと見ます。月は灰色の雲の向こうにその身を隠し、ぼんやりと滲んだ月明かりの中、わたしの目を捉えたタイセイはその瞬間、心底怯えた瞳をしていました。

タイセイは小さな白く弾力のある手のひらをぎゅっと握り、唾液で濡れた赤く小さな口を大きく開けます。泣きだす、そう察知した瞬間、わたしは腕に力を込めて、腕に抱いていたタイセイをありったけの力を込めて川へ放りました。

工場の窓から漏れ出す黄色い光が、一瞬、飛び出してきたかのように一筋の光になって、川面へ放り出されたタイセイの姿を照らします。

それが、ガクにも見えたのでしょうか。

「ぎゃーーっ！」

耳を劈くようなガクの悲鳴が聞こえて、それからあとを追うように、ぼちゃん、とタイセイが川へ落ちる音が聞こえました。大きく水飛沫が立ち、跳ね返った川の水がわたしの顔や全身をべとりと濡らします。

ガクは半狂乱になって叫びながら丘を駆け下りてきて、足を取られて転がり落ち、転がり落ちながらもわめき続けています。わたしは転ばないように慎重に土管を渡って川べりに降り立つと、転がり落ちてきたガクと入れ替わるように丘を駆けあがっていきました。

丘の上に立つと、巨大な工場から放たれる黄色い光に、頭の天辺から足の爪先まで余すことなく照らしだされます。四方八方から取り囲まれて、幾つもの懐中電灯で眩い光を浴びせられているような気がしました。工場は生気を帯びたように全身を轟かせて光を放ち、わたしのTシャツやショートパンツから滴る川の水の一滴一滴まで照らしています。

背後からはガクの悲鳴が絶えず聞こえていました。わたしは光の中を抜けだすと、丘を駆け下り、道路を渡り、工場地帯を駆け抜け、一度も振り返ることなく、立ち止まることなく、走り続けました。夜道は不気味に静まり返り、人の気配はなく、月だけがどこまでもわたしを追いかけてきます。わたしは月から逃げるように、ひたすら地面を見つめて、あえぐように走り、そうして祖父の家へと帰りつきました。

玄関の戸は出てきたときと同じように鍵が開いたままで、わたしは息を詰めて靴を脱ぎ、廊下へと這いあがりました。どくどくと全身が血流になったように波打っており、わたしの身体は跳ね返った川の水なのか汗なのか、全身が濡れそぼって鳥肌が立っています。

わたしは廊下に水を滴らせながら祖父の部屋へと向かいました。襖を開けてそっと中を覗くと、祖父はいつもと同じ格好で眠っています。祖父はいびきをかかないし呼吸も静かなので、寝ていると生きているのか死んでいるのか分かりません。わたしは祖父の枕もとまで這っていって、そっと祖父の顔に耳を近づけました。わずかに寝息の音が聞こえます。生きている、とわたしは思いました。

翌朝、目を覚ますとわたしは客間に敷いた布団の中にいました。

頭の天辺から足の爪先まで全身がびっしょりと濡れていて、布団を剥ぐともわっと嫌なにおいが湧きたちます。昨夜、祖父の部屋に辿りついたあとの記憶がありませんでした。ついさっき家へ帰りついたばかりのはずなのに、部屋の中にはもう朝日が差し込んでいます。わたしは早朝の太陽の眩しさに目を細めながら、自分の手を見つめました。手のひらには、タイセイを川へ放った感触がはっきりと残っています。

呆然と布団の上に座り込んでいると、起きた祖父が洗面所のガラス戸を閉めるぴしゃりという音が朝の空気を引き裂きました。その音に殴られたような衝撃を受け、そして同時に、もうここにはいられないとわたしは思いました。

わたしは素早く立ちあがると、震える手でTシャツとショートパンツを脱ごうとして、けれどどちらもぐっしょり濡れて肌に張りついているせいでなかなか脱ぐことができず、焦って三回も転びました。転ぶたびに痣の残る尻を強かに打ち、わたしは痛みに顔を歪めながら服を脱ぎ捨てると、ワンピースを頭から被り、廊下を走って洗濯機の中へ投げ入れました。震える手で洗剤を投入して、乱暴に蓋を閉めて洗濯開始のボタンを連打します。古い洗濯機は大きな唸り声をあげてぶるんとその身を大きく揺らすと、しばらくして水が流れ込む音が鳴りはじめました。

洗面所から、祖父がうがいをする音が聞こえてきます。いつの間にか蟬たちも騒がしく鳴きはじめ、家の周囲をぐるりと取り囲んでいます。わたしは客間へ戻ると、布団を畳んで自分の荷物をまとめました。荷物はここへ来たときからなにも変わらず、それらは問題なくすべてリュックの中に収まります。それからわたしは父へ電話をしました。夏休みの最終日に東京へ戻る予定でしたが、急きょ新幹線の当日チケットを取ってもらい、わたしはその日に家へ帰ることになりました。

洗濯を終えたTシャツとショートパンツを庭に干すと、わたしは縁側に座る祖父の隣に座って、東京へ帰ることを伝えました。祖父は突然の別れに対してもなんの感情も言葉もなく、いつも通りなにもない空間を見るともなく見ています。急な予定変更にもかかわらず、新大阪駅までは長谷辺さんがワゴン車で送ってくれることになりました。わたしは縁側で祖父と並んでぼんやりしながら、長谷辺さんが迎えにくるのを待ちました。夏の蟬は自分の寿命を知っているのか、断末魔のような叫び声をあげています。

「おじいちゃん」

返事はないと知りながら、わたしはそう呼びかけました。祖父は反応せず、家の塀の向こうをぼんやりと見ています。

「わたし、東京に帰りたくないな」

わたしは縁側から下ろした足をプラプラと揺らしながら、自分の足に引っかかっているサンダルを見ました。足にはサンダルの紐の跡がくっきりと残っていて、日焼けして赤くなった皮が剝けはじめています。

「でも、もうここにはいられないんだ」

不意に遠くで、汽笛のような音がしました。

海からは随分離れているのに、ここまで船の汽笛音が聞こえるものかとわたしは不思議に思って耳をそばだてました。じっと黙って耳を澄ませていると、それは休みなく鳴り続けて、しばらくしてようやく、それがパトカーの音だということに気がつきました。

ウーウー、ウーウー、というおもちゃのような音がぐんぐんと近づいてきます。わたしはワンピースの心臓辺りを強く握り締め、息を殺して、深くうつむきました。心臓が爆発するのではないかと思うほどに、痛みを伴って強く鳴り響いています。隣で祖父が立ちあがり、庭へ出ていく気配がしました。祖父の体温が遠ざかると、わたしは浜へ打ちあげられた魚のように息が苦しくなりました。呼吸の仕方が分からないのです。パトカーの音はすぐ近くまで迫っていて、塀の向こうまで近づいているのが分かります。わたしはなにも考えることができず、立ちあがり逃げだすこともできずに、ただ息を詰めてじっとしていました。庭に干したばかりの濡れたTシャツとショートパンツが、ときどき吹く風に重く揺らめいています。頭の天辺から太陽に照りつけられながらも、わたしは指先から凍っていくように冷えていくのを感じていました。このまま本当に氷の彫刻となって、太陽の熱に溶かされ跡形もなく消えてしまいたいと、わたしはそんなことを願いました。しかし、迫りくるパトカーの騒がしい機械音がわたしの願いを激しく打ち砕いていきます。

「また、来ればええ」

頭上から声がして、驚いてわたしは顔をあげました。祖父は背を向けたまま、塀の向こうを見ています。静かで凛《りん》とした、空気に溶けていくような声でした。懐かしい祖父の声です。久しぶりに聞いた祖父の声に、幼い記憶が蘇ったような気がして、わたしは詰めていた息をそっと吐きだしました。

塀の向こうに、パトカーの姿が見えました。馬鹿みたいな電子音を最大限に鳴らしながら、パトカーは家の目前まで迫ってきます。

また必ずこの場所に戻ってこよう、とわたしは心の中で固く誓いました。何年かかっても必ずまたここへ戻ってこようと。わたしは歯を噛みしめ全身を硬直させながら、何度も何度もそう思いました。繰り返し繰り返し、心の中で祈るように唱えました。家の前までやって来たパトカーは、耳を劈《つんざ》くような音を最大限に鳴り響かせています。赤いランプがくるくると点滅する様子がはっきり見えて、わたしは恐怖で固く目を閉ざしました。それでも瞼の中は、真っ赤に光るランプで埋め尽くされています。わたしは深くうなだれて、耳を両手で塞ぎ、叫びそうになるのをなんとか堪えました。

パトカーは家の前で停車しました。

その瞬間、地球上のすべての生物が生き絶えてしまったかのような、何もかも消え去ってしまったかのような静寂が訪れます。しかしそれはほんの一瞬のことで、パトカーは再び発車し、そして家の前を通過していきました。

ウーウー、ウーウー、というおもちゃのような機械音は、その音色を激しく周囲に撒《ま》き散らしながら、やがて少しずつ小さくなっていきます。わたしはおそるおそる、両耳を塞いでいた手を離し、固く瞑っていた目をそっと開けました。夏の眩しい陽光の中、祖父の細くしゃんとした背中が、静かに視界に入ります。

その直後、玄関のチャイムが鳴りました。わたしは飛びあがって、怯えながら縁側から顔を出して玄関を見ました。すると、迎えにきた長谷辺さんが額に汗を滴らせながら、わたしを見てにかっと笑います。パトカーの音はどんどん遠ざかり、やがてその音は再び騒ぎだした蟬たちの鳴き声によって完全にかき消されました。

太陽の熱が、脳天を焦がすように天辺から焼きつけています。祖父の首に一筋、つーっと汗が滴っていくのが見えました。祖父はたった数秒の内にまた魂をうしなったように、庭に生えた木を呆《ほう》けた顔で眺めています。わたしは一滴も汗をかいておらず、指の爪は紫色に染まっていました。小刻みに震える両手を太ももの下に隠し、顔をあげて、それからようやく、わたしは長谷辺さんに笑い返しました。

それからわたしたちは長谷辺さんのワゴン車に乗り、新大阪駅へ向かいました。別れ際、祖父は完全に心をうしなった様子で、長谷辺さんが声をかけても反応せず、あらぬ方向を見つめてなにかをぶつぶつと呟いていました。

「また港へ寄っていきたかったけど、今日は時間がないから無理やねえ」

スピードを出して運転する長谷辺さんは、わたしを迎えにきてくれた日と同じアニメのキャラクターが描かれた紫色のTシャツを着ていて、汗の染みた部分が黒色に変色しています。わたしは長谷辺さんの健康的な二の腕を見つめながら言いました。

「なにかあったのかな」

「へえ？　なにが？」

「さっき、パトカー通っていった」

「ああ、あれねえ。このへん、変な人もようけ住んどるからねえ。たいがい、事故か喧嘩か。まあ、日常茶飯事よ」

長谷辺さんはからりと笑い、猛スピードを出しながらハンドルを切ります。ワゴン車は工場地帯を抜けて、川沿いの道路へ出ました。わたしは座席に深く座り、目から上だけが出るようにそっと川を見ました。河川敷にはいつものようにジョギングをするおじさんや犬の散歩をするおばさん、若いカップルが、今日も変わらぬ陽射しの中を歩いています。

「あの川、」

「川がどうかしたん？」

「だれか、溺れたりしないのかな」

「ああ、そんなんしょっちゅうよ。こないだも、酔っぱらったおっちゃんがどぼーんって川入って、そのままお陀仏《だぶつ》や」

「死んだの？」

「死んだ死んだ。そのおっちゃんはまだ死体があがったからええわ。海まで流されたら、死んだ証拠もない。残されたもんはずっと待っとかなあかん。そのほうがしんどいわ」

「子どもも死ぬの？」

「子どもお？　子どもが死んだって話は聞いたことないなあ……。でも、子どもは身体が軽いからなあ。落ちたら、それこそ海まで流されてしまうやろなあ……」

長谷辺さんは速度をぐんぐんとあげて、窓の外の景色は猛スピードで流れていきます。わたしは窓にへばりつき、流れゆく景色を必死になって追いかけました。どこかにみんなの姿がないか、アサコの、ハルトの、ガクの、タイセイの、あなたの姿がないか、笑い声や泣き声が聞こえてこないか、窓ガラスで鼻を潰し鼻息でガラスを曇らせながら、懸命に探しました。

「奈保ちゃんはほんまに川が好きやなあ」

長谷辺さんが可笑しそうに笑った、そのときです。

ちょうど車が橋を渡りはじめたときでした。河川敷に、アサコたちが並んで歩いている姿が見えたのです。バレッタで髪を留めたアサコの腕をガクがしがみつくように摑んでいます。その隣をハルトが、その前をあなたが歩いていました。あなたの腕の中でタイセイは笑っていて、ガクはいつものように元気よくぴょんぴょんと飛び跳ねています。それは間違いなくアサコたちでした。

わたしの手のひらには、タイセイを川へ放り投げたときの感触がしっかりと残っています。しかしそれは、とみ子を駅のホームで突き飛ばしたような気がした、あの感触とよく似ていました。わたしは深く息を吐き、両手を握りしめました。長い悪夢から、ようやく目が覚めたのです。そして同時に、わたしはアサコたちとの別れを理解しました。

わたしはまた人を傷つける。その予感がありました。その欲望すらわたしの中にあるのかもしれません。けれど、アサコたちを傷つけることだけは嫌でした。

わたしは食い入るように、アサコたちの姿を見つめました。すると不意に、前を歩いていたあなたが振り返り、アサコたちに向かって微笑みました。出会ったころよりも色の落ちた金髪が陽の光を受けてきらきらと輝き、あなたはこれまでに見たこともないほど優しく笑っています。ガクが駆けだし、ハルトがそれを追いかけ、アサコとタイセイが弾けるように笑いました。そんな光景を、あなたは穏やかで優しい表情をして見つめています。

それは、わたしが初めて見たあなたの微笑みでした。太陽の光を受けてちらちらと輝く川面の輝きのように刹那《せつな》的で儚《はかな》いその微笑みは、わたしがそれまで見てきたどんな光景よりも美しかった。そのまぼろしのような一瞬の煌《きら》めきを見るために、なにもかも捨ててもかまわないと、わたしは本気で思いました。

ワゴン車は速度を落とさず、ぐんぐんと猛スピードで遠ざかっているはずなのに、橋を渡っているあいだじゅうずっと、わたしはあなたの微笑みを見ていたような気がします。

それが、わたしが最後に見たあなたたちの姿でした。

四

わたしが東京の家へ帰ってしばらく経ったころ、母が家へ戻ってきました。

それは出て行ったときと同じように唐突で、なんの説明もない帰宅でした。すでに新学期がはじまっていて、わたしが授業を終えて学校から家へ帰ると、母が当然のように台所でミネストローネをつくっていたのです。

ランドセルを背負ったまま台所で立ち尽くすわたしに、母は顔も見ないまま、

「おかえりなさい」

と、言いました。

「今日、体育だったでしょう。体操服、すぐに洗濯機に入れておいてね」

わたしはあまりにびっくりしてなにも言うことができず、呆然と母の背中を見ていました。しばらくして体操服を持って帰ってくるのを忘れたことに気がつき母にそう伝えると、

「もう、だらしないんだから。ちゃんと持って帰ってきなさいっていつも言ってるでしょう。汗くさい体操服が机の横に引っかかってたら、ナホちゃんくさいくさいって、お友達

に嫌がられるわよ」

母は顔を歪ませてそう言うと、歪めた口もとにスプーンを寄せてスープの味見をしました。わたしの嫌いな人参《にんじん》のごろごろ入った、味の薄いミネストローネです。母は「あつっ」と小さく叫んで、スプーンをシンクに放りました。金属のぶつかる重たい音が響いて、同時に母がため息を吐きます。地球上の草木が一斉に枯れてしまうのではないかと心配になるほど、それは暗く荒んだため息でした。

わたしは自分の部屋へ入り、静かにドアを閉めると、ランドセルを背負ったまま電気もつけず、カーテンを閉めきった薄暗い部屋の真ん中で体育座りをしました。夏休みに大阪の家の縁側で祖父とふたり並んでぼんやりしていたときのように、頭の中をすっからかんにしてなにもない空間を見ていると、不思議と心が落ちつくのです。

わたしは東京に戻ってから、しょっちゅうこうして心を浮遊させていました。兄からは、

「奈保子にじいちゃんの呆《ぼ》けがうつった」

とからかわれましたが、こうして現実を失っている時間が、なによりも気楽で幸せなのです。心を浮遊させているとき、無意識にわたしの頭の中に浮かぶのはあの河川敷でした。アサコやハルトやガクやタイセイと遊んだ河川敷。あの場所で最後に見たあなたの微笑みが、わたしの頭の中を埋め尽くします。わたしにとって、それはなによりも幸福で平和な時間でした。

その日から、母はこれまでどおり、わたしたち家族のご飯をつくり洗濯をして家の中を

掃除してまわり、日中は近所の和菓子屋でパートをはじめ、近所づき合いも滞りなく再開させました。けれど母は明らかに以前の明るさを失っていて、なにかにつけて僻《ひが》みっぽくヒステリーになって、わたしや兄に事ことあるごとに口うるさく小言を言うようになったのです。

わたしと兄がテレビを見たり漫画を読んだりしていると、

「いつまでそんなもの見てるの。そんなくだらないものばかり見てると、頭がくさるよ。ちゃんと勉強しなさい。宿題は済んだの？　テスト勉強は？　お母さんは、こんなできそこないを二人も産んだ覚えはないよ」

と、やけに尖《とが》った声で言い募るのです。

母の小言がはじまると、わたしはこっそり兄と目を合わせてにやにやしようとしたのですが、このころから兄はわたしのほうを見ることはなくなり、むっつりと黙り込んで、母を無視していつまでもテレビを見るようになりました。夜になり父が帰ってくると、母の怒りの矛先は父へ向かって、寝室からは三日に一度、母の怒鳴り声かすすり泣く声が聞こえてきます。

あの警察官の助言に従い、父は母が戻ってきてから一か月も経たないうちにグアム旅行を計画したのですが、空港で母が謎のヒステリーを起こして泣きわめいて、飛行機を目の前にしてその旅行は中止に終わりました。このころには、兄は母に対してすっかり冷めた視線を向けるようになり、そのことも母を猛烈に苛立たせていたのです。

その年の冬、兄はサッカー部の練習中に右膝を怪我して、せっかくレギュラーの座を勝ち取ったにもかかわらず、試合に出られなくなってしまいました。

当然、部活の練習にも参加できないので、

「学校に行ってもつまらない」

と言って、部屋の中へ引きこもるようになったのです。この兄の行動が、母のヒステリーを暴走させました。

母は鍵をかけた兄の部屋のドアを破壊して兄を引き摺《ず》りだし、嫌がる兄を無理やり学校へ向かわせようとして、兄を激高させました。それ以来兄はいよいよ母に反抗し、壁を殴って穴を開け物を破壊し猛獣のような唸り声をあげて母を威嚇するようになったのです。母はすぐさま兄の通う高校へ乗り込んで、うちの息子にいったいどんな洗脳をしたのか、この高校に通うようになってからうちの息子は頭がおかしくなった、その原因をいますぐ説明して謝罪しろと職員室で怒鳴り散らしたそうです。それを友人から伝え聞いた兄は、もう二度と学校へは行けない、友達に合わす顔がないと言って、本格的な引きこもりになりました。

絶望した母は、家事の一切を止めてしまいました。母はわたしが朝学校へ向かうときもリビングのソファに寝そべりテレビを見ていて、夕方にわたしが学校から帰ってきても、まったく同じ姿勢でテレビを見ています。日中はパートに出ているようですが、兄が家で暴れても一切片付けようとせず、家の中はいつも泥棒が入ったあとのように荒んだ状態になりました。アサコたちが住んでいたアパートのような、穴ぐらの、腐りかけの家です。

父はどうにか家の中に明るさを取り戻そうと、ある日、会社の同僚から貰い受けたというマルチーズの子犬を連れて帰ってきました。その犬は「マルタ」と名付けられました。名付けたのは父です。しかし、母も兄も子犬などに微塵も心を動かさず、家の中できゃんきゃんと喧《やかま》しく吠えまわるマルタに、母のヒステリーと兄の苛立ちが増しただけでした。

マルタはわたしが育てました。朝と夕方の散歩も、トイレの世話も、餌をあげるのも、すべてわたしの仕事です。マルタは騒がしくおまけに頭が悪くて、まるでガクとタイセイを足したような犬でした。わたしはガクを叱るようにマルタの無駄吠えを注意して、タイセイのオムツを替えるようにマルタのトイレの処理をしました。

夕飯のとき、母がヒステリーを起こしてテーブルの上の食事をすべて手でなぎ払って、皿が割れコップが転がり、レンジで温めたサバの味噌煮《みそ》がフローリングにべちゃりと落ちて、インスタントのなめこの味噌汁が壁にぶちまけられぽとぽとと滴り落ちると、マルタは尻尾を振って熱々のサバを頬張り、壁についた味噌汁を舐めはじめます。母が足を踏み鳴らし、寝室のドアを破壊するほどの勢いで閉める音が家中に響くと、わたしは割れた皿の破片を拾って片づけ、マルタの食べ残したサバを捨て、濡れた布巾で壁を拭きました。しばらくすると兄が部屋を出てきて、音もなく台所へ向かい冷蔵庫から魚肉ソーセージとコーラのペットボトルを摑み取ると、床に這いつくばって味噌汁の染みを拭くわたしには目もくれず、再び部屋の中へ入っていきます。それがわたしたちの日常でした。

冬のある日、学校を終えて家に帰ると台所で母が酔いつぶれていました。台所のテーブルに突っ伏して寝ている母は眠りながら歯を食いしばり、眉間に深いしわを寄せてうなされています。どんな悪夢を見ているのか、うなりながら歯を剝く母の姿はおそろしかった。頑丈に鍵がかけられた兄の部屋からは、脳細胞を潰すようなシューティングゲームの音が大音量で流れています。家の壁にはアートのように兄が殴って開けた穴が連なり、その先でマルタがきゃんきゃんと吠えまわってわたしの帰宅を歓迎しています。わたしはマルタの首輪に綱をつけて家を出ました。

すっかり活動時間の短くなった太陽が、濃い青の中にその身を埋め、空は辺り一面紫色に染まっていきます。吐きだす息が、白くぼんやりと色づいていました。わたしはいつものように心をすっからかんにして、マルタと並んで紫色の空を見ていました。日に日に、わたしが現実をうしなう時間は増えていったように思います。それと引き換えに、わたしの頭の中はあの夏の河川敷で埋め尽くされていきました。あの焼けつく太陽に煌めくあなたの金色に揺れる髪が、目の前を通り過ぎていくような感触さえあったのです。

わたしはマルタと並んで紫に染まった東京の夕暮れを見ているはずなのに、アサコたち兄弟とあの河川敷に並んで立ち、橙に染まる大阪の夕焼けを見ているようでした。そんなもうひとつの暮らしが、この東京での暮らしと並行して、存在しているような気がするのです。大阪で暮らすわたしの隣にはアサコがいて、あの小さな細い手でわたしの手を握り、にこっと笑いかけます。アサコの隣にはタイセイを抱いたハルトが、その向こうではガクが走りまわり、あなたは優しく微笑んでわたしたちを見ています。そうしてわたしたちは手を繋ぎ、橙に染まった川に背を向け、みんなで仲良く家へ帰るのです。

　ふと気がつくと、辺りは真っ暗になっていました。いつの間にか太陽は家々の中へ沈み込み、東京の紫の空に三日月が引っかかっています。それはナイフのように、鋭く尖った月でした。

　家へ帰る途中、どこかの家からカレーのにおいが漂ってきました。陽が暮れた人通りのない暗い夜道で、そのにおいはぽっと心を照らすような、温かく残酷なにおいです。一軒家が建ち並ぶ通りの中でもひときわ大きく立派な家があって、カレーのにおいはそこから香ってくるようでした。その家だけすべての部屋の明かりが点《つ》いていて、窓に掛けられたカーテンの向こうに人の動く影が見えます。大きな駐車場の隣には広い庭があって、犬小屋が置いてあるのが見えました。小屋に犬の姿はなく、玄関には骨をくわえた犬の置物が置いてあります。突然、家の中から明るい笑い声が聞こえてきて、わたしはびくっと身体をこわばらせました。悪いことなどなにもしていないのに、その笑い声になにかを咎められているような気がしたのです。カーテンに映る人々の影は楽しそうでした。部屋の中は温かい明かりと、楽し気な笑い声と、おいしそうなカレーのにおいで溢れています。

　幸せそのもののような家でした。わたしの身体はいつの間にか寒さから小刻みに震えていて、半開きの口からもれる息は白く色づき、空気に溶けていきます。マルタも寒そうにわたしの足もとにすり寄ってきて、はやく家へ帰らないといけないのに、わたしは道ばたに突っ立ったまま、いつまでもその家を眺めていました。

しばらくすると、真っ暗な道の向こうからひとりの女の子が駆けてきました。首に白いマフラーをぐるぐるに巻いた同い年くらいの女の子は、家の前に突っ立っているわたしをちらりと見て、けれどすぐに視線を外すと、幸福な家の門を開けて石段をのぼっていきます。女の子の髪の毛はバレッタで留められていて、それはわたしがアサコにあげたものとよく似ていました。

「ただいまー！」

女の子は元気な声をあげて玄関のドアを開けると、光に包まれた幸福な家の中へと入っていきます。玄関の明かりは優しい夕暮れのような淡い橙色で、丸い太陽のような照明が天井から吊《つ》り下がっているのが見えました。女の子の姿はすぐに光の中へ吸い込まれて、音を立てて玄関のドアが閉まると、冷えた道ばたは再び暗闇に包まれます。

わたしは閉じたドアを見つめて、

「おかえり」

と、呟きました。

わたしが小学六年生になると、母はわたしに中学受験させることを猛然と決意し、私立学校のパンフレットを読み漁《あさ》り、父に有無を言わさず受験費用と学費を出させることを約束させました。わたしは母に言われた通り塾へ通いはじめ、家へ帰ってからも黙々と受験勉強をしました。勉強をしているあいだは心の中が空っぽになって、兄の部屋から聞こえるシューティングゲームの音や舌打ちや壁を殴る音、両親の寝室から聞こえる母の罵声やすすり泣きも気にならないのです。

　翌年、わたしが無事に中学受験に合格すると、母はさらにわたしへ期待をかけるようになりました。父にも兄にも裏切られた母は、残されたわたしに、我が家の希望のすべてを背負わせることに決めたようです。わたしも母が再び家出をしてしまわないように、母の期待に応えるべく真面目な学生生活を送りました。

　わたしが通いはじめた私立の学校の生徒は優しく大らかな子が多く、ある日突然わたしの机が廊下に出されることも、意味もなくクラスの全員から無視されることもありません。それでもわたしはいつそれが起きても驚かないように、毎朝心の準備をしてから学校へと向かいました。授業は小学校のころとは比べものにならないほど難しく、ついていくのに必死で、勉強ばかりしていたせいか友達はあまりできませんでした。けれど寂しくはありませんでした。学生生活を送る中でも、ふとしたとき、わたしの心はもうひとつの大阪の暮らしの中にあったのです。

　授業中不意に窓から凪いだ風が吹き込んだとき、電車の遅延で遅刻して誰もいない校門の前にひとり佇んだとき、体育でバスケットボールの試合中にパスを受け取れずボールが体育館の隅へ転がっていったとき、放課後吹奏楽部がトロンボーンの練習をする低い音を廊下で聴いたとき、わたしは東京の中学校にいながら、大阪の見たことも行ったこともない中学校にいました。わたしの隣には同じ制服を着たアサコがいて、アサコはあの屈託のない笑顔でにこっとわたしに笑いかけ、チェックのプリーツスカートの裾を翻し、放課後の廊下を駆けていくのです。そのときに思い浮かべるアサコの姿は、あのころ、まだ十歳だったころの姿のままでした。

翌年、不登校を続けた兄は高校を退学になり、わたしの十四歳の誕生日の夕方に祖父が肺炎で亡くなりました。

祖父は夏の終わりに風呂場で足を滑らせて頭を打って救急車で運ばれ、幸い頭の怪我は大したことはなかったのですが、ひとり暮らしが困難になって、つい先月、父が手配した東京の介護施設に入居したばかりでした。入居してすぐに風邪を引いた祖父は病院に入院して、そのまま呆気《あっけ》なく亡くなってしまったのです。

祖父が入居した施設には、父に連れられて一度だけ祖父に会いに行きました。頭を打った影響なのか祖父の認知症は進行していて、わたしたちが声をかけても一切反応することなく、ベッドに腰かけてなにもない真っ白な壁を見つめ、目には見えない誰かと楽しそうに話をしていました。薄ら笑みを浮かべて嬉しそうに話す祖父の声はそんなに小さくないのに、どれだけ耳を澄ませても祖父の言葉を聞き取ることができないのが不思議でした。一緒についてきた母はそんな祖父を不気味だと言って、すぐに部屋を出ていきました。

葬儀はとみ子のときよりも人のいない、寂しい式でした。

その日の朝ぎっくり腰になった母と、部屋に引きこもった兄は葬儀に参加せず、参列したのは父とわたしだけでした。祖父の遺体はつるりとしていて清潔で、少し口角を上げたその表情は幸福そうです。その顔を見てわたしは、これで祖父は心おきなく、自分だけの世界の中で永遠に生きていけるのだと思いました。

鱗雲《うろこぐも》が広がる冬の空へと吸い込まれていく祖父の細く長い煙を見あげながら、わたしは不意に、あの日祖父の家の庭で、必ずまたここへ戻ってこようと固く決意したことを思い出しました。「また、来ればええ」と言ってくれた祖父の思いがけずしっかりとした声も、同時に思い出されます。

「大阪の家、どうするの？」

葬儀の帰り道、わたしは父に訊きました。家が荒むようになってから、父はますます家には寄りつかなくなり、父とまともに顔を合わせるのは随分とひさしぶりです。

「もうだれも住まないから、売っちゃった」

父は泣き疲れて真っ赤になった目で、ぽつりと言いました。父は人の死に弱いようで、祖父の葬儀の最中にもひとりだけ声を押し殺して泣いていました。

「わたし、あの家に住みたかったな」

祖父とぼんやりと並んで座った縁側や、祖父が毎朝ピシャリと閉めた洗面所のガラス戸の音を懐かしく思いながら、わたしは言いました。きっと祖父はあの家から引き離されたから、さっさと死んでしまったのだとわたしは思いました。あのまま大阪の家に住んでいたら、祖父はまだ元気に生きていたはずだと思うのです。

「そうか。奈保子は大阪の家、好きだったもんな」

父はわたしを見て、どこか嬉しそうに言います。父と目が合ったのも随分ひさしぶりだと思っていると、父は目をそらし、それから小さくため息を吐いて、

「ごめんな」

と、囁くように言いました。

大阪の家を売ってしまったことを言っているのか、それとももっとほかのことに対して言っているのかは分かりませんでした。父はそれきり喋るのをやめて、細い坂道を無言で下っていきます。喪服に包まれた父の背中は驚くほど小さく、髪には白髪が交じり、記憶にあった父の姿からは随分と老け込んでいました。わたしは父の老いにドキッとし、そしてきっと母も同じように老いているのだろうと思いました。親の不仲よりも、親の老いは悲しいものだと感じました。

前を歩いていた父は突然振り返り、子どものような顔をして、

「奈保ちゃん、今川焼屋さんがある」

と、言いました。

父の指さす先に、『今川焼』と書かれた紺色の旗のついた小さな屋台が立っています。

「買っていこうか。奈保子、なに味がいい？　何個でも買っていいぞ。お母さんと雄輔にも買ってかえろう」

父はわくわくとした口調で言います。あの二人に買って帰ったところでどうせ壁に投げつけられるだけだと思いながらも、わたしは黙って頷きました。

けれど、その今川焼が壁に投げつけられることはありませんでした。その日の夜、兄は数年ぶりに、両親がいるリビングに出てきたのです。兄は十九歳になっていました。兄が部屋に引きこもるようになってから、もう三年が経っていたのです。兄は子どものようにぶすっとした顔で、高卒認定試験を受けるために勉強していることを話し、受かったら大学受験をしたいと両親に伝えました。

父も母も、兄の突然の登場にうろたえ、しかしそれが物を壊すためでも壁に穴をあけるためでも金をせびるためでもないと分かると、顔を見合わせ、それからようやく喜びました。父は出前で寿司を注文し、その夜、わたしたちは随分と遅い時間に、三年ぶりに家族四人で食卓を囲み、一緒に夕飯を食べたのです。母は兄の皿に兄の好物のイカを四つ並べて置き、兄はイカを四つ続けて食べながら泣いていました。父も母もそんな兄をなんとも言えない表情で見つめ、兄の皿にどんどん寿司を置いていきます。わたしはまったく食べる気が起きず、兄が涙をこぼしながら口の中へ寿司をつめこんでいくのを見ていました。わたしの皿には醤油《しょうゆ》だけがなみなみと注がれていて、わたしは唐突にその醤油を壁にぶちまけてやりたくなりました。けれどそうすることはなく、わたしはただ黙って、父と母と兄を眺めていました。

そうして兄の長かった反抗期は唐突に終わり、兄は二年遅れで大学受験を成功させて、母のヒステリーは徐々におさまり家の中は昔のように綺麗に整えられるようになりました。父は兄の大学進学を祝ってハワイ旅行の計画を立てて、今度は空港で突然の中止になることもなく、わたしたち家族は無事ハワイに上陸し、浮かれた日本人よろしくビーチで泳ぎ、パンケーキを食べ、免税店でハイブランドを買い漁り、はしゃいだ母は父に大きなテディベアのぬいぐるみを買ってもらって、それを抱きかかえて日本へ帰りました。

わたしが高校へ進学した数か月後には、兄はわたしの進学祝いだと言って、ミシュラン一つ星レストランへ家族を招待し、ご馳走してくれました。

「二か月分のバイト代が全部吹っ飛んだ」

と笑いながら、兄は照れくさくも嬉しそうです。

父も母も嬉しそうでした。

そうしてわたしたちは、幸せな家族になりました。

不思議なことに、家族が幸せになるにつれて、わたしの心は冷えていきました。ここにわたしの居場所はないと、父や母や兄の笑い声が家の中に響くたび、そう突きつけられているように思うのです。

わたしはあなたに会いたかった。アサコに、ハルトに、ガクに、タイセイに会いたかった。わたしはあの町であなたたちと暮らすことが夢でした。あの河川敷を、みんなで並んで手を繋ぎ、夕暮れが川を赤く焼き、夕方のチャイムが流れる中を笑いながら歩くこと。

それがたったひとつのわたしの夢でした。それだけでした。それだけが、わたしの人生のすべてなのです。

「あんた、またひとりでぶつぶつ言って」

母は剝き終えたジャガイモの山を水を張った鍋に移して、火をかけエプロンで手を拭いました。乾燥してささくれ立ったその手は、とみ子の手とどこか似ています。母はわたしを見ないまま、冷蔵庫を開けて生姜《しょうが》を取りだしました。

「それ、気味悪いんだから。いい加減やめなさいよ」

ぷつっ、ぷつっ、と、鍋の水が気泡を溜めています。

鍋にごうごうと体当たりしている赤い炎を、わたしはぼうっと見ていました。ゆうらりゆらりとその身を揺らめかす炎に見とれ、わたしは無意識にしゃがみ込んで間近まで近寄り、燃え続ける炎を見つめます。鼻の先に熱い空気が触れて、わたしはそっと鼻をつまみました。ツンと目を刺すような香りがして、顔をあげると母が生姜を刻みはじめたところでした。下から見あげる角度で母を見るのは、随分とひさしぶりです。母の顎は脂肪ではなく年齢による重力への抵抗力の無さで四重顎のように重なり、瞼は重く垂れ、わたしの知っている母とは別人のようでした。ふっくらとした母のチャームポイントである頰は、長年の疲労の蓄積を色濃く見せ、くすんだ鈍い色の肌になっています。

「お母さん、わたしこの家を出るよ。それで、本物の家族と一緒に大阪で暮らすよ」

母は生姜を刻むのを止め、包丁を握りしめたまま呆けたような顔でわたしを見ました。

わたしは顔をあげて母の顔を見つめ返します。何年かぶりに、母と目が合ったような気がしました。

「本物の家族って、誰よ」

「ずっと一緒だった人」

「ずっとっていつから」

「小五のときから」

母は呆けたような表情のまま、わたしを見ています。黙ってわたしも見つめ返すと、母は包丁を握りしめたまま手を下ろして、一緒に視線も床へと落とします。うつむき気味になった母の髪にところどころ白髪が交じっていることに、わたしはこのとき初めて気がつきました。

「あんたは……」

母は唸るような、掠れた声で言いました。けれどその先は続きません。

わたしは、数日前に死んだマルタのことを想いました。マルタは癌《がん》になり、癌だと診断されたころには手遅れで、あっという間に死んでしまったのです。死に際、わたしたちは家族みんなでマルタを囲んで見守りました。母はそのときも「マルタ……」と掠れた声で呟き、しかしそれ以上はなにも言えませんでした。思い返せば、とみ子が亡くなったときもそうでした。マルタが死んで、いちばん泣いたのはやっぱり父でした。

マルタが死んだ日、わたしは東京の家を出ることを決意したのです。

「それで、あんたは幸せなの?」

母のはっきりとした声が聞こえて、わたしは顔をあげて母を見ました。母の握りしめる包丁から、ジャガイモの汁が床へと滴り落ちています。母はうつむいていて、その表情は見えません。わたしはテーブルの上のティッシュを取って、濡れた床を拭きました。母はしっかりと包丁を握っています。わたしは包丁に手を伸ばして、そっと受け取りました。一瞬触れた母の手の皮はとみ子のそれよりも分厚く、温かでした。

「うん。幸せだよ」

わたしは包丁をまな板の上に置き、母を見て微笑みます。母はゆるゆると顔を動かして視線をあげ、そして一瞬、わたしとしっかり目が合いました。そのときの母の目は、あの夜の川で目を覚ましたタイセイと同じように、酷く怯えた瞳をしていました。

母はすぐに視線を逸らして包丁を握ると、再びまな板の上の生姜を刻みはじめます。

「そう、それならいいのよ」

母は的確なリズムで生姜を刻み続け、ツンと柔らかく刺すような香りが、わたしの鼻をくすぐりました。ジャガイモを入れた鍋はあっという間に沸騰して、ぶくぶくぶくと白い泡を吐きだしながら吹きこぼれます。白い泡はコンロ台の扉を伝ってツーッと流れ落ち、床にだらしなく広がりました。泡は床の上で何度かその身を弾けさせたあと、すっと溶けてただの水に変わります。水は平べったく広がり、母の臙脂《えんじ》色の靴下を濡らして、黒色に染めてゆきます。

それを見てわたしは、わたしのひとつの人生が終わったことを理解しました。

翌朝、わたしはいつものように制服を着て、母のつくった朝食を食べ、学生鞄を持って玄関へ向かいました。母は昨日交わしたわたしとの会話などまるで覚えていないようです。まだ寝ている父と兄を起こすため二階へ向かった母の背中を見送って、わたしは小さく、

「いってきます」

と呟いて、家を出ました。

冬の空気は冷たく澄んでいて、わたしの頬をちくちくと刺します。わたしはいつもとは反対方向へ行く電車に乗って、ダウンやコートで着ぶくれた乗客たちに押しつぶされながら満員電車を退屈な車内広告を見あげてやり過ごし、新宿駅で降りました。昨日のうちにコインロッカーに入れておいた荷物を取り出し、駅のトイレで制服から私服に着替えると学生鞄の中に制服もローファーも詰め込んで、トイレのゴミ箱に捨てました。

新宿駅南口のバスターミナルで大阪行きの高速バスのチケットを買って、待合室で大きな旅行鞄を持った団体のおばさんたちと一緒にバスを待ちます。団体のおばさんたちはお揃《そろ》いの赤い毛糸の帽子を被っていて、みんな同じように寒さで頬を赤く染めていました。バスは出発の十五分前にターミナルに到着し、予定時刻通りに出発しました。

窓の外を流れる平日の東京の朝の道を行き交う人々は、仕事や学校や生活に追われて、随分と疲れているように見えます。いつの間にか狭い空はどんよりと曇り、建ち並ぶビル

と同じ灰色の空の下、空中には排気ガスと人々のため息が充満しているようでした。バスの中は暑いほどに暖房が効いていて、窓ガラスはすぐに白く曇ってしまいます。わたしは窓のカーテンを閉めて白く曇った景色を遮断するとそのまま目を閉じて、バスの心地よい振動に揺られ、気がつけばそのまま眠りに落ちていました。

車内アナウンスの声で目を覚ましたときには、間もなく大阪駅に到着するところでした。窓のカーテンを開けると、東京とはうってかわって大阪はよく晴れていて、綺麗に磨かれたような薄い青空がすこんと広がっています。空にはコンパスで白い紙を切り取ったような太陽が浮いていて、それは横から見たら薄っぺらいんじゃないかと思うほどにくっきりとした丸でした。

ぼんやりと空を見あげているうちにバスは停留所に到着し、わたしは荷物を持って高速バスを降りました。晴れていても空気は冷たく、東京よりもさらに気温が低く感じます。冷たい空気を吸い込むと、排気ガスと混じって、冬の大阪のにおいがしました。

在来線を乗り継いで、祖父の家の最寄り駅へと向かいます。平日の大阪の電車内は空いていました。間隔を空けてぽつぽつと座っている人々はみんななんだか眠そうで、わたしの正面に座るおばあさんは窓から差し込む午後の陽だまりの中で目を閉じ微笑んで、幸福そうに微睡《まどろ》んでいます。

五年ぶりに訪れた祖父の家は、想像よりも小さく、古びていました。

表札は外され、駐車場には車もありません。父の話では誰かに売ったはずですが、人が住んでいる気配はありませんでした。塀の外から中を覗いてみると、祖父と並んで座った縁側は雨戸がしっかりと閉じられています。庭の草木は伸び放題で、家の塀よりも高く、雑草が生い茂っていました。冬の草木は灰色がかってカラカラに乾いていて、随分寂しい光景でした。玄関のチャイムを押してみると、壊れているのかチャイムの音は鳴りません。しばらく家の周りをうろうろしてみましたが人の気配はなく、わたしは諦めてアサコたちが住んでいたアパートへ向かいました。

　たった五年しか経っていないというのに、町の様子は随分と変わっていました。昼間でも人気がなく、建ち並ぶ工場に覆われた日陰ばかりのアスファルトは以前と変わらないのに、目印にしていた郵便ポストやバスの停留所、自動販売機や変わった形の屋根の家など、なにもかもが古びて時が止まっているようです。家の近くにあった二階建てのスーパーは潰れていました。黒猫の姿もなく、しんと静まり返った細く狭い道を歩いていると心細くなって、五年前、まだ十歳だったころの自分に戻ったような気持ちになります。

　わたしはアサコたちのアパートの場所を正確に覚えているか不安だったのですが、五年前とはいえ、ひと夏のあいだ毎日通っていた道のりは頭で考えるよりも先に足が動いて、想像していたよりも早くアパートへ辿り着きました。

　アサコたちのアパートは工場と工場の隙間で押し潰されそうになりながら、まだちゃんとそこに存在していました。アパートの一階は半壊し、建物の左半分は焼け焦げたような跡があります。黒くくすんだ壁を濁った色のツタが這い、二階へのぼる鉄の階段は錆《さ》びて赤茶色が剝きだしになっていました。人の気配はまるでありません。

わたしは足を踏みだして、地面に散らばる煙草の吸殻や古いチラシを靴底で押し歩きながらアサコたちの部屋の前に立ちました。郵便ポストは首を落としたように傾き、玄関のドアノブは壊され、戸が僅かに開いています。台所の磨りガラスの窓には赤いスプレーで解読できない英字の落書きがされていました。わたしは小さく息を吐いて、塗装の剝がれた草色の戸をそっと手で押してみました。建て付けの悪い戸は小さな軋《きし》み音を立てながらゆっくりと開きます。黴《か》びたにおいが鼻をついて、陽あたりの悪い薄ぼんやりとした暗い部屋の中が静かに視界に広がります。

そこはがらんどうでした。

かつて玄関に散乱していたアサコたちの靴やおもちゃやゴミ袋はひとつも見あたらず、あれだけの物と五人の兄弟がいたはずの部屋には、なにひとつ残されていません。薄汚れた床と剝きだしの壁が薄らと埃をまとい、四畳の畳にはガクがお漏らしをした跡なのか、大きな丸い染みだけが残されています。八畳間と四畳間のあいだにあった襖は、五年前と同じように外されたままで、けれど部屋には、なにひとつ、誰ひとり、いないのでした。

わたしは土足のまま部屋にあがって、なにもないがらんどうの部屋の真ん中に、ひとり佇みました。ふと右の臀部に僅かな痛みを覚えた気がして、そっと撫でてみます。するとどこからか、アサコが教科書を読みあげる声、ハルトが問題を解けずにうんうん唸る声、ガクがおもちゃの銃を持って「ババババババ！」と叫びながら部屋中を駆けまわる音、タイセイが癇癪を起こして大声で泣きだす声、寝ていたあなたが起きあがり「うるせえ！」と不機嫌に怒鳴る声が、記憶の狭間《はざま》から波のように押し寄せてきます。

わたしは膝を折られたように、その場に座り込みました。

ここに戻ってくれば、またあなたたちに会えるはずだとわたしは信じていました。アサコたちは五年ぶりに訪れたわたしを歓迎し、笑顔で迎え入れてくれて、そして今度こそ本物の兄弟になれるのだと。そうしてようやくわたしの本当の人生がはじまるのだと、わたしは信じていたかったのです。

タイセイが描いた五人の兄弟の絵は、いまどこにあるのでしょう。あなたたち兄弟は、いまも一緒に暮らしていますか。アサコは九九を最後まで覚えられたでしょうか。ハルトは学校に通えましたか。ガクの歯はすべて生え変わりましたか。タイセイはいまもレモン味の飴が好きですか。あなたは穴の開いていない真っ白な靴下を履いていますか。

あなたたちはいま、どこにいますか。

# エピローグ

いま、わたしは夕暮れの中、河川敷をひとりで歩いています。

わたしは小さいころから夕暮れをひとりで歩くのがこわかった。父か母か兄か、誰かに手を握っていて欲しかった。けれど誰も握ってはくれなかったから、わたしはいつでも、昼でも夜でもひとりでした。

川の向こうに遠く、夕陽が落ちていきます。冬の河川敷の夕暮れの空気はやけに冷えて、しんと静まり返っていました。辺りには誰もいません。犬の散歩をする老夫婦も、自転車を走らせる部活帰りの男子高生も、ジョギングをするおじさんも買いものの袋を抱えた主婦もいません。弾けるようなアサコたちの笑い声も、夕陽に煌めくあなたの傷んだ金髪も、ここにはもうなにひとつ、存在しませんでした。

わたしは立ち止まり、丘を下って川べりへ降り立ちました。冬の乾燥した雑草が揺れる中、小さな土管の上を、ひとつひとつ、足を滑らせないように慎重に渡ります。冬の川は重く濁っていて、川底は見えず、暗闇が永遠に続いているように見えます。川に向かって突きでている石の上に立つと、赤い夕陽がわたしの頬を刺し、血のように指先まで真っ赤に染めました。わたしの足もとには醜い影がひとつ、へばりついています。わたしのそばにあるのはそれだけでした。

強い風が吹いてきました。海からやってくる風です。肌を突き刺すように冷たい風は、わたしを殴りつけるように容赦なく吹きつけます。赤い夕陽は山々のあいだに猛スピードで沈み、わたしの影は暗黒に吸い取られていって、わたしはそれをこわいと思い、ひとりは嫌だと思い、強く目を瞑りました。真っ赤に染まった瞼の裏に、あなたの微笑みが浮かびます。そのまぼろしのように美しい微笑みに心を奪われ、その微笑みに救いを求めて、そしてわたしは、横から吹きつける風に飛ばされるようにして、川へと身を投げました。

一瞬、空中へ躍りでたわたしは、スポットライトを浴びるように全身を夕陽に焼きつけられ、そのまま川へぼちゃん、と落ちました。

氷のように冷たい水に突如として全身を包まれ、瞬間、心臓が止まります。音が消えた水の中の世界で、目を見開いた先には、青色に揺れる水面に浮かぶ夕陽がわたしを見下ろしていました。その眩い光の中に、手を繋いで並んで歩くアサコたちの後ろ姿が見えます。弾けるように笑うアサコの黒い髪には、あのバレッタが留まっていました。アサコの腕にガクがしがみつき、その隣に教科書を抱えたハルトが、その前にはタイセイを腕に抱いたあなたが歩いています。

不意にあなたが振り返り、わたしを見てそっと微笑みました。

それは、世界中の悪も不条理もすべて包み込んでしまうほどに、酷く優しく穏やかな、美しい微笑みでした。刹那的で儚いあなたの微笑みは、やはりこの世のなによりも美しかった。アサコたちも振り返って、わたしに笑いかけます。太陽のように笑う兄弟を見て、わたしはようやくまた会えたのだと思いました。

水面に煌めく夕陽に照らされて、あなたの髪が黄金に輝いています。あなたはわたしを見つめて微笑んだまま、その夕陽の煌めきの中に一瞬、溶け込みました。そのときです。眩い光を切り裂くように、あなたの目がわたしを射貫《いぬ》きました。薄汚い野良犬のような、鋭い目。この世のすべてを憎み、絶望し、一切を拒絶した、孤独で怒りに満ちた暗い瞳。あなたがそんな目をして、わたしを強く激しく、責めたてるように、睨みつけたのです。あなたの顔は次第に母になり、父になり、兄になり、とみ子になり、祖父になり、そしてわたし自身の顔になりました。

わたしはハッとして、思わず口を開けました。途端に、一気に空気が水中へとこぼれていきます。わたしはもがくように両手を動かして冷たい水を掻き分け、空気を求めて水面から顔を出しました。瞬間、真っ赤な夕陽がわたしの顔を突き刺すように降り注ぎます。わたしは必死になって川を泳いで岸から突きでた石に摑まり、寒さと震えで力の入らない腕でなんとかよじのぼると、水を吸って鉛のように重い服をまとった身体を石の上に投げだしました。心臓がドクドクと荒々しく鳴り、嗚咽《おえつ》するように激しく咳《せ》き込みます。震えが止まらないまま顔をあげると、山の向こう、太陽が完全に姿を消し去るのが見えました。

落日の空気を戦慄かすように、夕方のチャイムの音が町をのみ込んでいます。

わたしは寒さに身を震わせ、荒く白い呼吸を繰り返しながら、いまこの町のどこかで、アサコも同じチャイムの音を聴いているかもしれないと思いました。アサコと二人で忍び込んだあの荒廃した団地で、わたしと同じく十六になるアサコは吹きさらしの窓枠の前に立って、町が夜にのみ込まれていくのをじっと見ているような気がしたのです。

わたしたちは、あのときに話したように一緒には暮らせず、家族になることもできず、きっともう二度と会うことも叶わないけれど、あのとき共有したまぼろしの日々は確かに在って、いつかそれぞれの記憶から消えてしまったとしても、あの日々が失われることは永遠にないのです。

陽が沈み、辺り一面が夕闇の青に支配された景色の中で、川の一部がちらちらと光って見えました。目を凝らして見ると、それは魚の大群のようです。小さな醜い魚たちが身を寄せ合い、青く冷えた川を泳いでいく様は、アサコたち兄弟のようでもあり、わたしたち家族のようでもありました。醜い魚たちは色付いた鱗を川面で弾く水に反射させながら、ちらちらと輝いて見せます。それは腐りかけの光でした。青く濁った川を、光はどこまでも揺らめきながら進んでいきます。足もとに落ちたわたしの影はすでに消えていました。

夜が近づき、風に潮の濃さが混ざりはじめます。川に架かる橋の灯りが一斉に点灯し、川面に浮かぶ濁った月が遠くその姿を潜めました。

腐った光は遠く、海まで流れてゆきます。

本書は書き下ろしです。

**福田果歩**（ふくだ・かほ）

一九九〇年生まれ、東京都出身。日本大学藝術学部映画学科脚本コース卒業。二〇二五年一月公開の映画「３６６日」（主演／赤楚衛二、出演／上白石萌歌）の脚本を担当する。同作のノベライズ小説も担当する。受賞歴に、二二年の第四十八回城戸賞準入賞などがある。本書が初のオリジナル小説となる。

編集　室越美央
　　　幾野克哉

「スイミー」引用文献／『こくご二〈上〉たんぽぽ』（光村図書）

失《うしな》うことは永遠《えいえん》にない

二〇二五年一月二十一日　初版第一刷発行

著　者　福田果歩
発行者　庄野　樹
発行所　株式会社小学館
〒一〇一-八〇〇一　東京都千代田区一ツ橋二-三-一
編集 〇三-三二三〇-五九五九　販売 〇三-五二八一-三五五五
ＤＴＰ　株式会社昭和ブライト
印刷所　萩原印刷株式会社
製本所　株式会社若林製本工場

造本には十分注意しておりますが、印刷、製本など製造上の不備がございましたら「制作局コールセンター」（フリーダイヤル〇一二〇-三三六-三四〇）にご連絡ください。
（電話受付は、土・日・祝休日を除く九時三十分〜十七時三十分）

本書の無断での複写（コピー）、上演、放送等の二次利用、翻案等は、著作権法上の例外を除き禁じられています。
本書の電子データ化などの無断複製は著作権法上の例外を除き禁じられています。
代行業者等の第三者による本書の電子的複製も認められておりません。

©Kaho Fukuda 2025 Printed in Japan
ISBN 978-4-09-386743-6